◆◆ 中国文学名家散文精选丛书

青春，闪着弧光的岁月

郭艳平 著

江西高校出版社
JIANGXI UNIVERSITIES AND COLLEGES PRESS

南　昌

图书在版编目（CIP）数据

青春，闪着弧光的岁月 / 郭艳平著 . -- 南昌：江西高校出版社，2025. 6. --（中国文学名家散文精选丛书）. -- ISBN 978-7-5762-5630-7

Ⅰ . I267

中国国家版本馆 CIP 数据核字第 2024TD1644 号

责 任 编 辑　金　棣
装 帧 设 计　夏梓郡

出 版 发 行　江西高校出版社
社　　　　址　江西省南昌市新建区工业二路 508 号
邮 政 编 码　330100
总 编 室 电 话　0791-88504319
销 售 电 话　0791-88505090
网　　　　址　www.juacp.com
印　　　　刷　鸿鹄（唐山）印务有限公司
经　　　　销　全国新华书店
开　　　　本　650 mm×920 mm　1/16
印　　　　张　13
字　　　　数　160 千字
版　　　　次　2025 年 6 月第 1 版
印　　　　次　2025 年 6 月第 1 次印刷
书　　　　号　ISBN 978-7-5762-5630-7
定　　　　价　58.00 元

赣版权登字 -07-2024-1002

用优雅的文心丰盈生活

——为闲月《青春，闪着弧光的岁月》散文集序

梁剑章

　　一部饱含真挚情感的散文集从衡水湖畔传来，跳动在案头的电脑显示屏上，字里行间透露着一个灵秀女子的纤纤玉笔，袒露着一个文心女子的炽热情怀，记录着一个平凡女子的生活印迹，这是我省散文新秀闲月的第一部散文集。

　　《《青春，闪着弧光的岁月》》收集了作者年至年间创作并发表的散文作品，这些作品以清秀的笔触眷恋乡情、激扬岁月、俯瞰山水、品读人生，从连绵不断的凝思中去励志审美，弘扬真善，鞭挞丑恶，以文学的形式去唤醒人类内心深处的那种永不泯灭的爱。可以说，它既是新文学园地的一棵初生的小草，也是作者精神财富和智慧的结晶。

　　作为黑土地的女儿，她从北国风光姗姗走来，带着欢乐，带着辛酸，也带着一份深深地眷恋。故乡的山水情怀、亲情暖意，在她的笔下汇聚成涓涓细流，使她时时沉湎，难以忘怀。她常常忘情于故乡那一座座巍巍的青山，崇仰它的雄伟高峻、风骨壮美，为青山滴翠而痴狂；她喜欢新居之地荡漾着的一湖碧水，欣赏草丰水美、鸟飞鱼翔的湖边生活，让水的韵味在心中流淌。她留恋故乡的秋叶，弯弯的小河，童年居住的老屋，她记着父亲在晚霞中的吆喝，在公职岗位上的尽责。当她不远千里风尘仆仆，万分悲痛地匍匐在老人家坟前的时候，那抔无情的黄土已经永远地将父亲和她永隔。在静谧的月光下期待，聚焦和亲人之间相互关注的目光，是作者辛酸的泪水，也是人生期待的幸福。她爱月、等月、望月、赏月，以"闲月"来作为她的笔名，让她感到了生活的充实、生活的闪光。溶溶的辉、淡淡的华、皎皎的光，还有甜柔宁静，无

不遥遥地赋予作者以极大的快乐、憧憬和遐想。山如人生，水如人生，乡如人生，在巍巍青山之下，悠悠碧水之畔，作者磨炼了品格和意志，润育了生命和理想，陶冶了情操，开阔了视野。

岁月悠悠，且行且惜。在恬淡静谧的时光里，书写一段如诗如幻的生活，应该是一种美丽的生命享受。春雨潇潇，凭窗而立，赏春听雨，引发一番无尽的怀想；托起一片雪花，用心轻吻，去感受你的无瑕和纯美；掬一捧圆月，点缀生命的时光，插上一双想象的翅膀，向着远方飞翔。作者在自然的景物中注入了一汪汪的深情关注，于优美的描绘中营造了心情，营造了生活。就连一头的青丝秀发，也成为作者生命里程的一道彩霞，成为心目中最靓丽的风景。因此，当作者坐看云起，经历一种风雨旅途时，就会变得更加坚强和坦然，甚至于会历练出那种"山崩于前不变色，海啸于后不变声"的成熟和稳重。这就是作品给我们带来的思考和感受。

悦纳，就是高兴地接纳、容纳和接受，我们经常所说的"悦纳自己"，也就是接受自己的不足。作者认为，悦纳不仅仅只是欣然地接纳，愉快地接受，而且，也是一种无私的包容和痛苦的忍耐。作为一个娇柔的女子，偶尔也使一下性子，离家出走，但是当一场由自己酿造的风雨飘过之后，她恨不得立刻就回到家中。因为，那里储蓄了一生的爱，在等着温暖的拥抱。当看见笑容可掬的儿子，端着一盆清水走来的一瞬间，作者会泪水盈眶，她感动的不仅是儿子的孝心，也感动了教育的温暖。所以说，生活的本质，简简单单才是真；人生的履历，如生命的长河让我们去倍加珍惜。要活出一个诗的境界和诗的韵味，就要努力保持一颗纯真的童心，创造一种飘香的生活，追求一种飘香的人生。

亲近自然、呼吸自然、拥抱自然，使闭月有了更多吸取社会营养的机遇。春日远足，掬几许春意醉心田；爱在金秋，一路黄花绕路香；辽阔海岸，任凭海风荡胸怀。闭月这个自称"步履并不放达"的人，每一次远足，就像赴一个美的盛宴。她珍惜散文学会每一次给予的采风机会，她把自己打扮得漂漂亮亮地去参加每一次活动，用洋洋洒洒的笔触坦露她的心迹。走进杂技之乡，赴正定参加年会，登上曲阳的虎山，徜徉在梨乡赵州，篇篇美文下笔如流水，奔放似潮腾。星空鸟瞰、云水禅心、古桥情思、梨园春梦，把这个女子滋润得风情万种、百般妩媚，她的文笔也由此而扎实、厚重起来。

自从走进了文学这道门槛，闭月有过迷茫彷徨，然而更多的是一种坚守，这不仅源于她的爱好，也得益于她那古稀母亲的熏陶。母亲是她的第一读者，她欣赏女儿的心音，欣赏女儿的作品，这种文笔的交流使母爱更深，女爱更畅。那些浓浓淡淡、幽幽远远的书香，是一个极具诱惑力的艺术殿堂，胜过了世上所有花卉所散发出来的芳香，使闭月沉湎于其中而不能自拔。伴着书香漫步，我们能感到的是智慧的光芒，是温馨的宁静，是幸福的释放，是激情的舞动。因此，闭月的写作可以说是每天都在坚持，甚至于逼着自己去写，仿佛一天不写，就无法正视母亲那满怀期待的目光，也无颜再回去面对故乡。

记得台湾著名诗人余光中先生这样说过，散文是文学殿堂的通行证。作为一名业余作者，闭月是勤奋的，出这本书之前，她已经在各地媒体发表了大量散文作品，出版了小说集，有些作品还获了大奖，为这部新书的出版作了很好的铺垫。这次结集，既是对关注她的文友的一个交代，也是对自己创作成果的一个总结。期望闭月在今后的创作道路上取得更为丰厚的成果。

年月日星期一

作者简介：梁剑章，中国散文学会会员、中华诗词学会会员、河北省散文学会副会长兼秘书长、河北省诗词协会秘书长，出版个人作品集部，第四届全国冰心散文奖获得者。

目　录
CONTENTS

第四辑
美景多多

第一辑

乡情绵绵

青山恋

　　一个人喜欢什么，根本无需解释，也无法解释得清楚。喜欢就是喜欢，没有什么具体道理好讲，更没有充分理由可说。喜欢山亦是如此。从小就喜欢山，家乡的大小山丘无不留下了我许多童年的遐想、少年的憧憬和青春的梦幻。

　　喜欢放学回家后就立即扔下书包，和哥哥、姐姐以及小伙伴们一头扑进大自然的怀抱，快乐地追逐在山间，贪婪地呼吸着清冽新鲜的山野空气。无拘无束地嬉戏着，无所顾忌地大声呼喊着，放声高唱着，让自己的声音回荡萦绕在山谷之中、松涛之间。

　　喜欢站在巍巍的青山之下，崇仰它的雄伟庞大，感叹自己的卑微渺小；喜欢在登山凌顶后，慢慢地领略"会当凌绝顶，一览众山小"的异样境界，细细体会着征服自然的无限快感；尤其喜欢站在高山之上俯瞰朝霞落日的瑰丽神奇，感叹着苍涯翠峦的雄健峭拔，欣赏着云翳暮霭的变幻莫测，幻想着天高水长的钟灵神秀，冥思着莽原旷谷的静谧幽深。"山中何所有，岭上多白云。只可自怡悦，不堪持赠君"。是的，人在山中的那种高峻之壮美，必得身经心历方能有所体会。

　　喜欢青山的慷慨赋予和不吝馈赠。每次上山后那种乘兴而去，满载而归的欢欣雀跃，都是令人难以忘怀，大自然的富饶美丽和慷慨无私将永远使我们人类为之汗颜。山中的野菜、野果、蘑菇、木耳等野生植物，无不给我们带来极大无量的丰收喜悦和甜美记忆。

　　人生如山，山如人生。其实人生就如一次登山，尽管沿途有擦肩而过的荆棘刺痛，有粗砺的山岩绊脚；尽管我们知道山外有山，峰上有峰这一不争的事实，但我们仍然抑制不住对山外的世界充满了无限的憧憬和向往；尽管我们知道攀登高峰需要有排除万难的力量和勇气，可这一切丝毫不能动摇我们征服高山的信念与决心。无限风光在险峰，也许那险峰的无限风光才是我们幸福人生的不变追求。

我时常这样想，现实生活中像自己这样平凡普通之辈，不就如一方土丘默立在这片连绵峥嵘的茫茫人山之中吗？领袖伟人犹如高耸云端的巨峰怪崖，雄健峭拔、傲然屹立。名人志士犹如绵延起伏的崇山峻岭，葱茏嵯峨，悠然耸立。爱山，爱山的富饶秀丽、博大雄奇。崇敬山，崇敬山的伟岸坚强、浑厚深沉。山的这种精神和风格亦如一种做人的风骨和品格。因此，我在崇仰山的同时，愿意像一座美丽富饶的高山那样耸立在人世间的群山众岭之中。

自从离开了家乡来到华北平原来到衡水以后，山就永远地屹立在我的乡魂旅思之中了。那记忆中的山的气息，水的韵味，只有在许许多多的乡梦归幻之中方能得以体会。虽然日日置身于这个高楼林立、车水马龙、喧嚣浮躁的城市生活中，可是在忙忙碌碌、步履匆匆的闲暇时光里，仍然抑制不住自己对巍巍青山的心驰神往。好想再一次回到那山水之间、云梦之所，让自己远离尘烦俗怨，远离世事纷扰；洗尽铅华、拂去浊尘——回到大自然的怀抱，尽情地放纵一回，浑然地忘我一次，复还童年的淳朴，寻回往昔的本真。

在许许多多平铺直叙的日子以后，偶尔一次远足，我和夫君来到了保定地区的太行山脉。坐在奔驰的汽车里，眺望着静卧在茫茫原野中的那些逶迤奇丽的山山岭岭，回忆着当年曾经在山中度过的那些快乐时光，我发现我对山的眷恋之情依然不减当年。那时那刻，在那些对青山的爱恋之情滋生蔓延的同时，我惊喜地感觉到所有的喧杂、纷争、抑郁、烦忧，连同往日的一些私欲妄想都已经悄然尽退了。一种祥和、富足的幸福感已然在我的心底悄悄漫溢、盈盈升起！

碧水情

　　水，水，水，眼前荡漾着的是茫茫碧水，心中荡漾着的是碧水茫茫。当我全身心地融化于这片茫茫碧水的时候，我真想冲着它大声地呼喊："啊！衡水湖，我来了。"是的，衡水湖！我来了。来衡水已经十几年了，你的神奇传说，你的绮丽风光，无不令我心驰神往。

　　尽管忙忙碌碌的日子，使我没有时机前来把你目睹。尽管繁杂琐碎的生活，让我把你的美丽一再辜负。但在我的内心深处，却从来也没有停止过对你的向往和歆慕。你犹如一颗光彩夺目的明珠，早已经镶嵌、闪耀在我的内心深处。

　　如今，我终于有机会到衡水湖游览观光——我终于可以畅游在这片茫茫的水域之上；我终于可以在你的怀抱里尽情地徜徉，欣赏你的绮丽风光，感受你的深邃宽广。这种如愿以偿的感觉怎能不让我如梦如醉、如痴如狂？

　　你看那金色的阳光，洒在那一望无际的湖水上，湖面清波潋滟，溢彩泛光。清风拂过，那如鳞似栉的微波细浪在淙淙作响。鸟岛、梅花岛、荷花塘，处处妙趣横生、景色旖旎、仪态万方。尤其是那纵横交错、扑朔迷离的芦苇荡，更能引发游人无限的遐想。成千上万的水鸟在芦苇丛的上空盘旋啼唱；一群群野鸭在湖中尽情地嬉戏；一行行大雁在空中快乐地翱翔；一只只渔船在波光粼粼的湖水里打捞着快乐、打捞着希望。那真是草丰水美、鸟飞鱼翔，鸭浮清波、鹅拨碧浪。红荷出水，绿萍摇荡。眼前湖光水景真是让人目不暇接，乐游不倦，胸怀激荡。我连连举起相机把这一幅幅美丽的画面摄入我的镜头，让这一串串精彩的景象永远点缀着我记忆的回廊。

衡水湖它滋润了这片平原的沃土；孕育着衡水这座平原小城的精神文明和历史文化。它的神奇秀丽，它的富饶丰美，不知道曾经触发了多少诗人的灵感，撞开了多少作家的情怀，诞生了多少锦绣诗篇和精美文章。像我这种才疏学浅之人，确确实实不敢用我的拙笔再去班门弄斧。可是，今天我还是情不自禁地把自己的一些真情实感倾诉于纸上。

当游船驶入浅水区的时候，透过清澈的湖水向湖底看去，我惊喜地发现那给人以无限遐想的湖底就像铺了一块硕大美丽的墨绿色地毯，一蔟蔟水草散落摇曳在毛茸茸的地毯之上，给人以一种温馨幸福的感觉。有的湖底排列着体态各异的沉积物，或像碧叶，或如翠花，或似山峦，宛如园林花圃，又似碧海龙宫。纵然你览历过天下的名川湖海，面对着眼前的奇光妙象也会为之倾倒，为之痴狂。

我忽然间产生了一种掬一捧湖水的冲动，但是坐在行驶的电船上这一愿望却不好实现，我也只能把一只手伸到湖面轻轻地撩拨着那清澈纯净的碧水。就在我和这泓碧水亲密接触的瞬间，我忽然闻到了一股温润潮湿的清香。是的，是香气，是水香——是这片碧水散发出来的香味。它来自那撩起的水花，更来自我记忆的深处，也来自于我纯真的童年时光和遥远的故乡。

我的思绪立刻伴随着这悠悠的水香，回到了我天真烂漫的童年，回到了我美丽的故乡。家乡的青山绿水就是我成长的摇篮。家乡的每一条河畔都留下了我童年的足迹，家乡的每一弯碧水里都流淌着我童年的梦想。家乡的青山就是我的运动场，家乡的碧水就是我的洗浴缸。

可以说我是在水里泡着长大的。如今乘船畅游在这碧波荡漾的衡水湖上，我发现我对碧水的眷恋之情依然如故。人都说："仁者乐山，智者好水"。我虽非仁者和智者，但却对青山碧水有着深厚的情感。我曾经有个美好的心愿，那就是如果有来生，我还希望自己生活在巍巍青山之下，悠悠碧水之畔；我还要让青山磨炼我的品格和意志，让碧水润育我的生命和理想；我还要让那些山情水趣陶冶我的情操，开阔我的视野；我还要让那些山的气息、水的韵味伴随着我生生世世，岁岁年年。我希望所有的人生，都像这滔滔不绝的碧水一样，清澈鉴人、源远流长。

故乡的秋叶

在离开故乡之前，我从没想过故乡的一山一水，一草一木，一风一俗一丝一缕……都将是我今生今世的最深眷恋。人来到世间的第一眼看到的就是生我们的土地，养我们的家园。因此，故乡就是我们每个人心中的天堂，精神的沃土，灵魂的乐园。鸟恋旧林，鱼思故渊，眷恋乡土也是我们人类最原始的情感。

思乡，怀乡——在对故乡、亲情的魂牵梦绕中也怀念故乡的一草一木，一风一俗，一情一景……如今的故乡已是秋风飒飒，秋叶纷飞的时节。在思念家乡的同时我不禁想起那些迎着金风上学，踏着落叶而归的日子。我是一个多愁善感的女子，每当看到那些漫天飞舞的落叶，我都会产生几许惆怅与忧伤。我为秋风秋雨的无情而惆怅，也为在秋风秋雨中枯萎飘零的落叶而忧伤。

风雨是无情的，在它们尽情的蹂躏下和肆虐的挥扫中，那些曾经生机勃勃，绿意盎然叶子便不得不枯萎、凋零，飘落。望着那些零落成泥碾作尘的秋叶，怎能不让人感到悲凉和伤感呢？踏在那些枯黄的落叶上，我时常在想，如果秋叶是有情的，它一定也会和我一样，留恋那些曾经灿烂枝头的美好时光——它一定也会和我们一样，在生命的尽头眷恋那些曾经鲜活的过往；踏在那些枯黄的落叶上，我时常在想，如果秋叶是有生命的，它一定会痛的——它会为秋风秋雨的无情摧残而疼痛，也会为我们的肆意践踏而悲伤——它会和我们一样在生命的最后时刻而感到无奈的绝望。

细一思量，其实生命就是一片叶子——如果世界是一棵大树，人类就似这棵大树上郁郁葱葱、生机勃勃的叶子。在经风经雨经岁月之后，总有一天会在生命的秋天里枯萎，凋零，飘落的。没有不变的世事，也没有永恒的生命，既然是生命，就都会有枯萎死亡的那一天；既然是生命，就都要承受命运的风霜雪雨。"生如夏花之绚烂，死如秋叶之静美"。既然能绚烂地生，就不要拒绝精美的死。我们既应该为能够曾经绚烂的生而无悔，也应该为能够精美的死而无憾。

落叶归根。我时常在想，如果生命是一片叶子，那么我就是故乡那棵大树上的一片秋叶。我的那些嫩芽初绽、青翠欲滴、生机蓬勃的美好时光，便都属于生我养我的故乡。在生命的历程中，在命运的飙风下，我无奈地离开了那棵曾经孕育我的生命之树。我想，我一定会在凋零、飞舞、辗转、漂泊之后，归落于那片生我养我的故土。是的，我是故乡的秋叶，故乡就是我生命之树，故土有我生命的根须。无论我走多久、走多远，思念它、眷恋它，都是我生活的主题和不可或缺的情感。

此时，在我思乡怀乡，望着遍地飘零的落叶，为生命之秋而感怀慨叹的同时。我想，我这片故乡的秋叶，一定会在生命之秋里舞出最美的风姿，来回报我故乡母亲的养育之恩的。生于斯死于斯，倘若死后我能落叶归根——我能魂归故里，那么灵魂也将会无怨无悔、无限欣慰的。

弯弯的小路

　　虽然离开家乡已经许多年了，但家乡那条弯弯的小路却永远地延伸在我的记忆深处。任凭岁月更迭、时光荏苒它也不曾模糊。确切地说那条小路我只走了三年，它是我上初中时通往学校的一条捷径。每天我都会沿着这条弯弯曲曲的小路走向我的校园。我家离学校很远，所以走过这条路需要很长时间。但是我从不会因小路的漫长而感到厌倦，因为这条路上有许许多多的事物都会让我觉得新奇和喜欢。

　　小路上最大的特点就是中间有一段铁路与之并行，上学时间充足的时候我就会在铁道中的枕木上行走，或者就干脆摇摇晃晃地走在铁轨上。那时候安全意识薄弱，从来也不会因为感到危险而放弃这种童心童趣，而且乐此不疲。如果有同学结伴而行，我们就会更加地投入了。这种在铁路上的嬉戏玩耍，也为我们漫长的上学之路平添了许多乐趣。行走在铁轨上就像如今 T 型台上的模特们在走猫步一样，它使人走路的姿势变得步履轻盈摇曳生姿。因为有过这种一字步的特殊训练，致使我平时走路的时候就显得非常的轻盈好看。所以，许多年之后还会有人赞美我走路的姿势就如风吹杨柳般的婀娜多姿。

偶尔有火车从身边呼啸而过，从没有坐过火车的我，就会对火车上的旅客羡慕不已。羡慕他们能和这风驰电掣的火车一样，看到更多更美的风景、能飞到更多更远的地方。那时候，天真幼稚的我常常会这样想，远方到底在何方？远方到底是什么样？远方会不会就是天堂？天堂到底是什么样？是不是所有的路的尽头都会是一个美丽的天堂？人生的道路到底会有多远多长？于是乎，许许多多稀奇古怪的想法，就会在我贫瘠的心田里萌生滋长；于是乎，许许多多的绮梦丽寐，也会由此而温馨点缀着我的少年时光。

我不知道这条弯弯曲曲的小路，给我留下了多少少年的憧憬和青春的梦幻，但我却知道，我对这条小路上的一草一木都有着深厚的情感。

春天到来的时候，我时常会在路边的榆树上将下一捧榆钱儿，放在嘴里慢慢地咀嚼，细细地品味着它的甘甜；我也会欢快地采撷着路边草丛中的蒲公英，把它们的花絮一次次吹向蓝天，让心儿随之飞舞，让梦儿为之斑斓。夏天，我会和那些双双对对的蝶儿一起飞舞在花丛间，也会为捕捉一只彩蝶或一只蜻蜓而耽误了上学的时间。秋天，我会望着铺满小路上的那些枯黄的落叶，反复地在心里吟咏着王安石的诗句："昨夜西风过园林，吹落黄花满地金。"在我的心里，这些落叶虽然不是菊花，却胜似那些敢于和秋霜苦苦鏖战的菊花，它们是在以静美之姿，把生命中的那种顽强不屈的精神进行诠释与表达。冬天，我们不但经常会在上学的路上用雪球打雪仗，在小路边、田野里那厚厚的雪地里翻滚，而且，还会伴着那漫天飞舞的雪花，大声地朗诵着毛主席的诗词："风雨送春归，飞雪迎春到"。每每想起当年的那种诗一般的境界和情怀，都会让我产生一种"少年不识愁滋味"的感慨！

然而，这条小路给我留下的所有的温馨和美好，都被我考高中那年的"落榜"而破坏掉了。确切地说不是落榜而是失意，是由于没有考上重点高中而失意。因为父亲的工作经常调转，使我的学业受到了很大影响，所以没有学到过英语头两册书的我，在中考那年仅差五分没有考上理想中的重点高中。这样的结果对于自尊心极强的我来说，简直就是一种难以承受的打击和伤害。

当我怀着极度悲伤的心情，满含着热泪，最后一次走在那条小路上的时候，我不禁再一次地对一列从身边呼啸而过的火车，产生了一种由衷的羡慕之情。是的，我好羡慕那列豪放奔腾的火车，因为它有自己的道路、轨迹和方向；它不必为自己的前路而感到迷茫；它可以按照铁路指引的方向毫不犹豫地奔向远方。而我的路又在哪里？我的道路又会由谁来为我制定轨迹和确立方向呢？

迷茫！那时那刻的我，的确产生了一种前所未有的空虚和迷茫。"路漫漫其修远兮，吾将上下而求索。"屈原的"问天"和求索精神是不是适合于我们所有人的一生？也许人生的路只能靠自己的不断求索——只能靠自己在心中确立目标和方向。没有考上重点高中又能怎样？没有考上重点高中难道就没有路可走了吗？敢问路在何方，路就在脚下。多年以后我才豁然开朗，其实路就在脚下，只要你有勇气，只要你不彷徨，所有的道路都会在你的脚下无限地延伸、延长。

今天，在我追忆和怀念那条家乡小路的同时，我由衷地希望，自己所有的人生之路，都能够像那条小路一样，既坎坷曲折又绚丽芬芳！

乡愁

谁能没有烦恼和忧愁呢？夸张地说，生存就是烦恼，有情就有忧愁。烦恼和忧愁就是生存的敌人，生存的异化，生活的霉锈。痴人多忧愁，妄人多忧愁，野心家多忧愁，虚妄的欲望和追求更能给人带来无限的烦恼和忧愁。对青春不老，美貌长存的奢求；对功名利禄荣华富贵的渴求；对一帆风顺人生的企求，总之，对于绝对无烦恼世界的追求和渴望，却恰恰成了烦恼和忧愁的主要根源。

算起来离开家乡已经有十几年了，在这十几载悠悠漫长岁月里，每当春天来到的时候，都会有一种浓浓的思乡之愁紧紧地围绕着我。春愈深、愁愈浓。我不知道我的一生还会有几个十年，但有一点可以肯定，无论我的人生之路有多么慢长，多么修远。我的乡愁都会永远伴随着我，直到生命的终结。

也许有人会问我，你只有春天的时候才会想家，才有乡愁吗？不，不是的。其实一年四季，我都会想家都有乡愁，只是春天的时候比较强烈罢了。我虽然是北国生人，龙江儿女，但由于我从小体弱多病，畏寒怕冷。每当秋风飒飒，冬雪纷纷的季节，一想到家乡的萧瑟和严寒，我就是有思乡之情也无归去之意了。可是每当春天到来的时候，无论是纷纷飞舞的柳絮，还是悠悠飘散的白云，翩翩归来的大雁，都能给我带来无限的思乡之情，和急切的归去之心。

而今又到了春深似海，春满人间的时节了。每每一人独处，我就会时常伫立在窗前，极目眺望北方那遥远的天际，凝视着天边那些悠悠飘荡的云彩。我的心、我的情，就会随着那些云彩飘呀飘，飘过了云山雾海，飘过了万水千山，飘回了我故乡的那片蓝天，看到了那一片片黑黑的土地、那一座座巍巍的青山、那一条条潺潺的绿水。也看见了那一片片、一丛丛、一簇簇灼灼开放的映山红。它们就像一团团燃烧的火焰，照亮了我的旧梦，灿烂了我的回忆。

　　是的，我看见了、我看见了，一个手捧一束映山红，躺在映山红的花丛中，仰望蓝天，陶醉在春芳春光中的我；也看见了一个手提竹篮和小伙伴在山坡上采野菜的我；也看见了肩背书包走在一片林荫小路上的我；还看见了我那白发苍苍的母亲，她拿着我曾经用过的喷壶，在房前的院落里，浇着那一盆盆我曾经浇过的鲜花。然后，她又久久地伫立在门前，向着我曾经归来的方向一次、又一次的张望——似乎所有走来的人都可能是我……

　　是的，我看见了，我看见了，故乡的春天，故乡的春天就是我生命中的春天，就是我梦中的春天。我真的好想，好想让这春长在、梦不醒、情不归，愁不来。然而，这种美好的梦想最终还是会被冷酷的现实所代替的。于是，春也会去，梦也会醒。于是，我就会又一次地沉浸在浩渺无边的乡愁里。

　　何事合成愁？离人心上秋。现在虽然已经是春末夏始了，思念着故乡，温寻着旧梦，我的心里却感到了几分秋意，人愁情也愁、情愁文也愁，笔可止而愁不尽。"恨愁不似长江水，滚滚东去，滚滚东去，奔流入海不复回。恨愁恰似长江水，潮涨潮落，潮涨潮落，待得枯竭无尽期。"

小小 QQ 寄 乡思

　　早已经厌倦了聊天，和所有的网络中人一样，也曾对网上聊天痴迷过一段时日，也曾在孤独寂寞、感情失落的时候，在网上与网友倾诉衷肠，寻找慰藉；也曾遗失在网恋的迷雾中流连忘返、难以自拔；也曾因为这种虚拟隐秘的感情生活而感到卑劣和内疚。

　　时间能改变一切，它能让辉煌的暗淡，喧闹的静谧，朦胧的明朗，糊涂的明白。慢慢地自己也就清楚地意识到，网恋是一种空虚无聊的产物。上网聊天无非是一种交流思想、沟通心灵、消愁解闷的娱乐方式而已。应该把握好分寸。从而也就逐渐地改变了对它的痴迷，把时间和精力都转移到论坛和社区上来了（对对联、写文章、回帖子……）。

　　尽管如此，每次上网的时候我仍然会开着QQ，因为在QQ里面，我能和我家乡的亲人取得联系。在我为数不多的QQ好友里，就有我的一个弟弟和两个外甥，有的时候我的两个姐姐也会用孩子的QQ和我聊天。现在她们的家里还没有电脑，平时又都很忙所以难得一见，因此我特别珍惜每一次和她们在网上见面聊天的机会。

　　我是一个感情丰富爱流泪的女子。记得当年和丈夫刚来到衡水时，思乡之情特别强烈，经常一个人偷偷流泪。那时候，孩子还小，丈夫又经常出差，把我一个人留在这个陌生的城市里。一种举目无亲，孤独无阻的感觉时时地围绕着我。因此，思念家乡、想念亲人就成了我每天必修的功课。经常在夜深人静的时候，仰望着夜空闪闪烁烁的群星，或圆或缺的明月，思念着家乡，想念着亲人，暗暗地流泪。有的时候，在梦中都能哭醒，于是辗转反侧，彻夜难眠。

那时候，家里还都没有电话，只有靠往来书信和家里取得联系。它让我拥有了那种家书抵万金的真实感受，每当收到家里的书信时我都如获至宝、悲喜交加、反复阅读、热泪尽洒，真恨不得立刻插翅乘风归去。有了电话以后，每次和家里通话时，也是以激动喜悦的心情开始，以泪流满面、悲伤沉痛的心情而终。尤其爸爸在世的时候。他老人家会经常在电话里逗我说："我一会就做你最喜欢吃的猪肉炖酸菜，你快回来吃吧。"每闻此言，我的脑海中就会立即浮现出昔日全家人共进晚餐时的一幅幅幸福而温馨的画面。每每此时，我就会热泪盈眶，心驰神往，不能自己。又怕让对方听到哭声，还得咽泪装欢，那种滋味真是无以言表。

最喜欢的还是用 QQ 和家人联系了，第一，在聊天的过程中我如果想哭就可以尽情地哭，不必担心让对方发现；第二，聊天以后，有时间还可以翻阅一下聊天记录。喜欢静静地感受一下在查看聊天记录的时候那种盈盈升起，慢慢扩散的思乡之情。

每次聊天的时候，随着一个问候信息的弹出，我的心也就会伴随这一飞出的信息飞出了千里万里——飞过了千山万水，飞回了我的故乡，飞到了我家的四合院里。同时也仿佛看到了一个梳着两个小辫子、趴在热炕头上摇晃着小脚丫，在专心画画的自己；也仿佛看见了一个在雪地里尽情玩耍后，匆匆跑回家中，急急扑入妈妈的怀里，把两只冻得红肿的小手塞给妈妈的自己。

如今有了视频语音聊天，有幸和在哈尔滨外语学院的大外甥（大姐的儿子）聊了几次，那种感受只想用四句概括形容："天涯咫尺零距离，悲欢离合视频里。归心似箭离弦去，热泪满面如决堤。"

今年妈妈要过生日的时候和往年一样，我提前一个多月就把钱寄了回去。到了妈妈生日的那天，我知道每年的今天远在家乡的兄弟姐妹都会欢聚在一起为妈妈祝贺生日的。因此一大早就给家里打去了电话为妈妈祝寿。接电话的是弟弟，他告诉我说："妈妈现在特别想你，她听说能在视频里面看到你，就非要和你在视频里面见上一面不可。你今天晚上就早点上线等着我们吧。"

我一听妈妈要和我视频，激动的心情久久不能平静。一整天，做什么事都没有心情。好容易盼到了晚上，知道东北吃饭早就提前准备晚饭，刚要吃饭就接到了弟弟的电话："你怎么还不来呀，咱妈已经在网吧等你半天了。"一想到让体弱多病，年过七旬的老母亲在网吧那种地方等着自己，我不由得产生，一种负罪之感，懊悔自己没有提前上机，就连饭也顾不上吃，骑上摩托飞速来到了网吧。打开事先吩咐他们留好的机子，立即登陆 QQ。只见外甥的人头像早就急切地摇晃在那里，打开第一个信息就是："三姨你在吗？姥姥看你来了。"第二个信息就是请求视频聊天，我立即点击接受。视频打开了，我在屏幕里面看见了，看见了和我一别两载白发苍苍的母亲。此刻的她也正从镜头里面仔细地凝视着我——这个她日夜牵挂的女儿。我怀着无比激动心情发出了："妈妈您好，生日快乐，我好想您啊。"这一信息以后，我便心战栗，鼻发酸，眼发热，手颤抖——根本就再也无法扶盘击键了。更可恨的是对方的麦还不好用，说不了话，情急之中我的泪如雨下、泣不成声。妈妈看见我哭了，十分难过地转过头去，用手捂着脸，起身慢慢地离去。"别哭了老美女（这是外甥对我的昵称），姥姥都伤心了，你快看全家人都来看你了。"我一边擦眼泪一边紧紧地盯着视频，恐怕落下一个。

就这样，在我的泪雨纷飞之中，在这个小小的视频里，我与我思念已久的亲人们都一一地见上了一面（共十六人）。当所有的亲人都告辞而去、当视频已经关闭，我依然痴痴地呆坐在那里，看着 QQ 上那个最后的信息——"再见了，老美女。"沉浸在刚才那个真实的梦幻里，久久地、久久地不忍离去。

来生再续
父女情

　　我万万没有想到，三年前的那次分别，竟然是我们父女的永别。当我不远千里、风尘仆仆、万分悲痛地匍匐在他老人家坟前的时候，那抔无情的黄土已经永远地将我和他——我最最敬爱的父亲隔在了两个世界里。虽然说生与死只有一步之遥，可我却无法举步迈入这道土门槛，与他老人家见上一面，诉诉离别之苦，叙叙思念之情。我也只能再一次放开早已沙哑的喉咙，号啕在那片青山下、那座荒冢前。一声'爸爸呀，对不起，女儿回来晚了'，泪纷纷，泪如雨。有生以来我还是第一次如此真切地面对死亡的残酷。眼前的世界早已失真，也不知道自己人在何处，身在哪方了。此时此刻，我真的无法用语言、用拙笔描写出当时的那种五脏俱焚的苦、撕心裂肺的痛。

　　等拜别了爸爸的坟墓，怀着万分沉痛的心情，回到了阔别三年的家中，看着爸爸的遗像，我才清醒地意识到，我最敬爱的父亲他真的已经永远地离开了我们，离开了这个世界。同时，也为自己没有在他老人家生前赶回来，没有在他生病时尽到一个当儿女的孝心而追悔莫及。

　　在悲痛之中，在追悔之余，爸爸的音容笑貌以及与他生活在一起的朝朝暮暮，林林总总，都一一浮现在我的眼前，仿佛那一切就发生在此刻，就发生在昨天。

在我们那个县里，爸爸是建国后第一批党员，也是县里的第一任党委书记，更是我们那里家喻户晓的人物。

记忆中的爸爸是个工作狂，每天都是忙忙碌碌、早出晚归的。那时候，我和家人就经常围在一台破旧的收音机旁，收听有关爸爸率领全县各级领导，奔赴在抗灾抢险第一线的新闻报道；还经常看到妈妈，在好几天都不见爸爸踪影的情况下，默默地为他祈祷；也经常听到周围的亲友，向我们讲述有关爸爸如何抓小偷、斗歹徒精彩的片段。那时的我就像听神话故事一样，不敢相信故事的主角就是自己的爸爸。由于工作劳累，加上文革期间在劳改时劳累过度，爸爸就经常地咳血、吐血。那时候，我们每次在地上发现爸爸咳出的血迹都惊恐异常，担忧不已。

和天下所有的父亲一样，爸爸不仅爱党、爱祖国，而且也深爱着我们。小时候我的身体不好，经常生病。每次生病爸爸都会毫不犹豫地背着我到医院看病。每回我在昏迷中醒来的时候，都能看到爸爸慈祥关切的目光。在我懵懂的童年里，我最盼望的就是能够生点小病，这样就可以得到爸爸的关心和呵护了。每次生病的时候我都怕苦不肯吃药，爸爸就把药碾碎了，放在勺里再盖上一层白糖，哄我说："你的病多吃点糖就好了。"等我吃的时候感觉到了苦味，问他怎么这么苦呢？他就笑着说："是你火大，嘴里苦，来，多喝点水就好了。"爸爸不仅这样对我，对其他的兄弟姐妹也是关怀备至呵护有加。

和天下所有的儿女一样，爸爸在我心目中的地位，以及我对爸爸的敬佩之心、钟爱之情也是任何人无法取代的。无论是爸爸伟岸的身躯、智慧的头脑、丰富的内涵、英俊的容貌；还是他那豪爽的性格，善良的品质，宽广的胸怀，都给我留下了永不磨灭的印象。在我的心目中只有像爸爸那样的男人，才是真正的男人。爸爸就是我心中的偶像，以至于我长大以后，找对象的时候，都以爸爸的形象作为择偶的标准。

爸爸不仅在我们儿女的心中占有至高无上的位置，而且在百姓的心中也具有很重要的地位。听姐姐说爸爸出殡的那天，前来为他送葬的车辆就排满了整整三条街道。参加追悼大会的群众人山人海，而且那天还下着雨。只有我，一个他生前最疼爱、最牵挂，也是最不孝的女儿却没有赶回来见他最后一面，为他送行。

往事不堪回首。如今爸爸的风采和文采，热情与豪情，都已经变做一抔黄土，满目蒿草。我不知道，他老人家一个人生活在那世是否会感到凄凉和寂寞；也不知道，他老人家是否知道在这个世界上还有许多爱他、怀念他的人们；更不知道，他老人家是否知道我——他的三女儿为他的死洒下多少悔恨伤心的泪水、付出多少思念不眠的夜晚。

爸爸，再过几天就是清明节了。我知道每年的清明，家乡的兄弟姐妹都会到您的坟上为您扫墓上坟，不知道您在天有灵是否会为看不到我而难过。此时的我也只能远在他乡，独自一人在这个清明的前夕，在这个想念您的夜里，默默地流泪。爸爸您知道吗？女儿真的好想您。在这个初春的夜里，在这个想您的时候，如果您在天有灵，如果您泉下有知，请您满足女儿一个小小的心愿；请那世您多珍重，盼今生您常入我梦，愿来生我们再续父女情！

令人心碎的往事

　　我永远也不会忘记那个令人心碎的声音，确切的说是令我心碎的声音。那是一个让我魂飞魄散的声音，它震塌了我的世界，震碎了我的心肺，也震断了我的柔肠。对！就是那个让我惊心动魄的声音，给我带来了一个足以令我窒息、昏厥的噩耗——父亲去世的消息。

　　那是一个夏日的午夜，刚刚进入梦乡的我，忽然被一阵清脆悦耳的电话铃声惊醒了。我昏昏沉沉地抓起了电话，却听到远在家乡的哥哥以极其沉重的声音，吞吞吐吐地告诉了我父亲猝然去世的消息。恍然如梦的我几乎不敢相信自己的耳朵，怀疑我是否还是在做梦。是的，我无论如何也无法相信当天中午才和我通过电话——还和我谈笑风生的父亲，就这么突然地离开了人间。不知过了多久，呆若木鸡的我才从那种恍然如梦的状态中清醒了过来。我以极大的抑制力来控制着自己的情绪，继续倾听哥哥的安慰和部署。

　　哥哥说，按照咱们当地的风俗，我想后天早晨就给咱爸出殡，你们回来也来不及了。你和二姐想回来就回来吧，回来看看咱妈也好。夫君刚好不在家，悲伤欲绝，六神无主的我，幸好有恰巧来我家串门的二姐互相安慰着，共同承受着那种突如其来的打击和悲痛。

哭天抢地一夜未眠的我们，悲伤之余便急忙商量着如何尽快地赶回去的计划，可是无论如何我们也无法赶回去为父亲送殡了，即使是坐飞机也办不到。最后我们只能在第二天的晚上，伤心绝望地踏上了一个无法送殡的奔丧旅程。

爸爸出殡的那天早晨。几夜未眠的我坐在奔驰的列车上，望着窗外那无边无际的漫漫旅途，想着父亲出殡时的情景——冥想着他老人家那伟岸的身躯在烈火中焚烧着的惨状，一种撕心裂肺的痛楚，致使我不禁再一次地热泪奔涌、痛哭失声。那时那刻的我，真的恨不得立刻就跪下来向苍天乞求、乞求它不要夺走我的父亲——不要用烈火来带走我的父亲，不要让我最最敬爱的父亲，就在那无情烈火中化成烟一缕、灰一撮。它将是我永远也无法承受的生命之痛。我仿佛已经听到了自己心碎的声音，已经感觉到自己的心在殷殷地滴血、阵阵地绞痛。真的恨不得立刻就插翅飞回故乡，飞回去再看上父亲最后一眼，问问他老人家为什么就不能等等我？为什么就不能给我一个尽孝的机会？为什么在我们久别了三年即将见面的前夕，他却永远地离开了人间？难道这就是他对我这个不孝之女的惩罚吗？这样的惩罚是不是有点过于残忍了？那时那刻的我，真的再也控制不了自己悲伤的情绪了，丝毫也不顾及其他旅客们向我投来的诧异目光，任凭自己把一腔的幽怨、满面的泪水，随风抛向那漫漫的归乡之路。是的，那时那刻，人世间的任何事物也无法阻止一个女儿悲悼和缅怀她已故父亲的悲伤之情。山不能，水不能，慢慢的旅途亦不能，悠悠的岁月更不能！

时光飞逝，转眼间父亲已经离开我们整整七年了。这七年的时光里，每每想起这段让我心碎的往事，我依然还会产生那种撕心裂肺的感觉。尤其是那种午夜的电话铃声，更是让我心有余悸，毛骨悚然。生怕这种声音再给我带来一个永远的噩梦。虽然，并不是那个午夜的电话带走了我的父亲。但是，它却带给了我一个心碎的记忆，所以，我始终对它特别地反感和排斥；并希望这种令我心碎的声音，永远都不要出现在我的生命里。

明天又是父亲节了，在我缅怀父亲回忆往事之时，在我悲伤心痛之余，我由衷地祝愿天下所有的父亲都能健康长寿，快乐无比。并希望我和我的父亲还能够在来世相聚，为我们今生这个残缺破碎的父女情缘，写下一个完美的结局，让我不要遗憾得如此的彻底。更希望天下所有的父子、父女都能幸福快乐地生活在一起！

晚霞中的吆喝

"臭豆——腐——"随着一声雄浑悠远的吆喝，晚霞染红了天际，炊烟也袅袅地升起。夕阳如血，宿鸟翩翩，这一声音与悠扬的牧笛相伴，让原本寂寥的乡村充满了幸福温馨之感。"臭豆——腐——"随着这一声音的再度飞旋，乡村的街道上便走出三三两两的买臭豆腐的人们。晚霞中的乡村也顿时沸腾了。许多调皮的孩子，便探头探脑地捂着鼻子凑过来，看着人们碗里端着的豆腐直咽口水。

父亲就是这买臭豆腐人中的一员，他总是伴着那晚霞中的吆喝声，在我们掩着鼻子、皱着眉头，唯恐避之而不及的神态中，笑呵呵地把一碗臭豆腐端回家来。等我们适应了那股臭臭的味道儿以后，饭桌上也会因有了臭豆腐的点缀而热闹了许多。吃吧、吃吧，臭豆腐闻着臭，吃着香。豁达豪爽的爸爸，总是率先抡起筷子号召我们共享他最钟爱的"美食"。

不错，在淳朴勤俭的父亲的眼里，豆腐，臭豆腐，豆腐乳……这些廉价而富有营养的食物，就是人间的美食。于是，我们这些儿女也纷纷羞羞地、怯怯一点一点地用筷头子试尝、品味着这一美食，并在那种满口余香的感觉中大口大口地饕食着手中的干粮。于是，那满屋的臭味也变得香醇甜美了起来。于是，那些简单的饭菜也因有了臭豆腐搭配，而变得香醇甜美了起来。不仅如此，随之香醇甜美起来的，还有我们当时的那种艰难困苦的生活和童年的旧梦。

渐渐的，晚霞中的吆喝声便成了我们生活中最美的旋律。我们盼望那声吆喝在晚霞中响起；也喜欢欣赏父亲在那声吆喝中端着碗匆匆而去的步履；更喜欢咀嚼和回味臭豆腐给我们带来的那种香醇甜美日子。多年以后，每当回忆全家人吃臭豆腐时那种津津有味的样子。我就会想：其实生活不就是把那些看似不甜美的食物，看似不幸福的日子，咀嚼、酝酿出甜美的味道吗？

人间烟火，烟火人间，作为红尘儿女，世上所有的食物都是我们赖以生存的保障。酸甜苦辣的人生，五味纷杂的食物，只要它能满足我们的口腹之欲，只要它能给我们的生活带来缕缕的温馨，丝丝的欢畅，即使它的形状不美，味道儿不香又有何妨。随着生活水平的不断提高，如今，我虽然基本上就不吃臭豆腐了，可童年时代晚霞中的那声吆喝，却依然时常萦绕回荡在我的耳畔。还有我们一家人在一起分享臭豆腐的情景，就像我记忆回廊中一幅最美丽画卷。每一次想起，都会在心底悄悄漫溢、盈盈升起一种温馨祥和的富足感。

再过几天就到父亲节了。尽管父亲已经去世多年，再也无法和我们共度这个美好的日子，但此时此刻，在我怀念那声晚霞中的吆喝的同时，也仿佛看见我那慈祥温和的父亲，伴着晚霞，端着臭豆腐笑呵呵地向我们走来时的情景。是的，我怀念晚霞中的那声吆喝，更思念给了我生命和教会我坦荡为怀、笑傲人生的父亲。

为天下父母祈福

很久没有写有关故乡、有关母亲的文字了。在我的心里，故乡和母亲是两个密不可分的词语。故乡因了母亲而变得异常的亲切美好，因为有了母亲而让我更加的魂牵梦绕。

母亲故乡、故乡母亲。不写，并不意味着我就不思念故乡牵念母亲。故乡就是岁月在我的记忆中描绘出的一幅浓墨重彩的山水画，它将永远都是那么的光彩夺目，任凭风蚀雨浸也从不褪色。而母亲就是这画卷中最诗意最靓丽的一笔，无论她那风霜尽染的鬓发，还是她那布满沧桑的容颜，都是我刻骨铭心的记忆，无法忘怀的情结。我珍视这幅画卷，也珍爱我的母亲，更珍惜那些殷殷切切、无穷无尽的亲情和乡情。

一提到母亲，我心里就会产生一阵阵莫名的隐痛。因为，我深深地明白，在她老人家那里，我注定还将留下一份终生的遗憾——一种无法尽孝的遗憾。正如在已故的父亲那里一样，心里明明知道要留下这样的遗憾，却又无法弥补这种的遗憾，改变这种的遗憾。我时常在心里既无奈又无助呼喊着：亲爱的父亲、母亲啊！对不起，真的对不起，你们就全当没有生过我这个不孝的女儿吧。今生今世女儿已经注定无法报答你们的养育之恩，并不是我不感激你们那种山高水深的情意。只是女儿的确是无能为力，鞭长莫及。这也是我曾经无数次发誓来生再不远嫁的原因，也是我终生也无法平息的憾事。

每次给婆婆按摩捶背的时候，我都在想，此时是否也有人在给母亲按摩捶背呢？每次给公婆洗衣做饭的时候，我也会想，此时是否也会有人在给母亲洗衣服做饭呢？尽管我很清楚不会有，但我却非常希望会有。因为，我知道如今已经七十多岁的母亲，依然还是那么的勤劳好强。她从来都不让别人给自己洗衣服，而且还要接送孙子，帮助弟弟和弟媳妇做饭操持家务。也曾经无数次地产生趁母亲身体还硬朗把她接到我家住，也给自己一个尽孝行孝的机会，但是，条件始终不允许我满足这个心愿。前些年是居住条件不允许，两个孩子还小都需要我一个人来照顾。而如今居住条件允许了，可是公公婆婆又需要我来照顾了。公婆就夫君这么一个儿子，赡养他们我们责无旁贷。在这种此事古难全的悲哀和无奈中，我也只能把这个愈来愈强烈的想法一次又一次地深埋在心底。

如今的我也只能一次又一次用金钱来弥补这种遗憾，尽管我深知在亲情面前，有时候金钱会显得那么苍白和平淡。最担心的还是怕重复那种，像父亲临终前我都没有来得及赶回故乡，见上他一面的遗憾。一想到这里，我就有一种五脏俱焚的痛，透心彻骨的寒。不是吗？如果母亲也如父亲那样猝不及防地离开人间，千里之外的我是无论如何也无法赶到她面前为她送终的。身为儿女，死不能送终，生不能尽孝，还有什么比这更让人悲哀和无奈的呢？

年前我曾在一个朋友的博客里看到，他也在为父亲死前没有尽孝送终而感到痛悔，这让我产生了强烈的共鸣。于是，我们也为此事做过交流，下面引用一下他的留言：尽孝是不能等的，不然会后悔一辈子。父亲走得匆忙，没能尽一份孝，真是让我至今都无法释怀。为了不再有遗憾，父亲走后，我来到了母亲的身边。七年间，眼见着母亲的身体一年不如一年，看着她活得那么艰难，心中不免时时……，有时候爱真的是一种伤害……

　　每次想起段话的时候，我的心情便久久无法平静。他说的对，尽孝是不能等的，爱也是不能等的。我不知道，这人世间有多少子欲孝而亲不在的悲哀；也不知道，这人世间有多少儿女无法为父母尽孝。但是，我知道在普天之下父母的那种山高水深的恩情面前，我们这些做儿女的那一点点回报简直就如杯水车薪一般微不足道。有些人、有些事，是不能等的。有些情、有些恩，是无法回报的。有些遗憾注定将成为终生的遗憾，亦如我之遗憾。为此，我也只能在心里默默地祝福，祝福我的母亲永远健康幸福；为此，我宁愿跪下为天下父母祈福，祈求你们永远、永远都健康幸福！哪怕是朝朝暮暮！

爱上那轮明月

很小的时候就特别喜欢看天上的月亮，对那轮皎洁明丽或阴或明或缺或圆的东西，总是充满了无限的好奇和向往。经常在有月的晚上对着它久久地凝望，静静地欣赏。在欣赏的同时也不断地冥思苦想，是谁把这么美的玉盘挂到了天空之上？它的里面究竟装的是什么东西？是什么东西才能使它这样流金泄玉清辉万丈？无依无傍的它是否能够掉下来落到地上？如果能我一定要好好地看一看它的模样。然后，就经常缠着老人们给我讲关于月亮的神话传说，和它为什么会产生时有时无时圆时缺等自然现象。于是，月宫里美丽脱俗的嫦娥、乖巧伶俐的玉兔、伐桂捧酒的吴刚……都在我幼小的心灵里面留下了永不磨灭的印象。那时候的我就时常梦想——梦想有朝一日自己能变成美丽的嫦娥，广袖轻舒，裙裾飞扬，浮云直上地奔一回月亮。到那时我就可以在每一个静谧的晚上，怀里抱着玉兔，饱览人间的美景，俯瞰世事的沧桑。如果真的能够那样，即使冷清寂寞点又有何妨？那种欲飞欲仙的感觉，常常让我欣喜若狂，我就这样在这个美丽的梦想里，虚掷着我那天真烂漫的童年时光，它点缀着我的旧梦，温馨着我的心房，伴随着我幸福地生活，快乐地成长。

　　长大了以后我就离开了故乡，做嫦娥奔月亮仍然是我不变的梦想。不是吗？如果我真的能够变成嫦娥奔上了月亮，我就可以经常看见我日夜思念的亲人和魂牵梦萦的故乡；我就不必在这里任凭那思念的泪水，淋湿我每一个孤独寂寞的晚上；更不必任凭这种刻骨铭心的思乡情愁来憔悴我的容颜、痛损我的柔肠。其实自从告别了父母离开了家乡，我就已经和寂寞的嫦娥没有什么两样。朝朝暮暮地独守着一份冷清和孤寂、惆怅与凄凉，一任悠悠的岁月在自己的身边悄悄地流淌。殊不知这条岁月的长河里，流淌着的岂止是痛苦和无奈，寂寞和悲凉，抑或还有许多美丽的憧憬和虚妄的奢望。尽管梦想终究是梦想，我终究会因梦想被冷酷的现实取代而悲伤。但是我仍然爱着这个梦想，梦想是无垠的宽广，亦如一片蓝色的海洋，无垠的梦里闪烁着我无垠的欢畅。我终日在这个无垠的美梦里尽情徜徉，毫无疑问我已经爱上了这轮皎洁清丽亘古如一的月亮。

　　爱月亮，爱等待，爱凝望，爱欣赏。爱月亮是因为它能够传递我和亲人间的思念之情，聚焦我和亲人之间相互关注的目光；爱等待，等待着月亮的缓缓东上，渐渐圆满，慢慢明朗。我仿佛已经看到了重逢的希望，又回到了那些曾经团圆的时光；爱凝望，凝望着月光如水，月辉似霜，感受着月与影的相伴相随，人与月的相互观赏。会使我感到不再寂寞，不再迷茫；爱欣赏，欣赏这轮皎洁明丽的月亮，就像欣赏着由悠悠岁月执劲笔，由茫茫宇宙铺宣纸，饱蘸着沧海桑田的墨浪，写出的一篇篇雄健峭拔、清新隽永的诗章。每一次捧读都能让人心潮澎湃，激情荡漾。这轮明月对于我来说，简直就是一个极具诱惑力的女妖，如果有云梯我会毫不犹豫地攀缘而上。那种万里碧空揽明月，浩瀚银河逐星浪的感觉总能让我如痴似狂。

爱月亮。我不知道，月亮是否知道我爱它爱得如此痴狂；也不知道，它是否会因为我的爱而改变些许；更不知道，我在这种久久的等待、远远的凝望、静静的欣赏中，度过了我生命中多少孤独寂寞的晚上；我只知道，只有这样久久地等待、远远地凝望、静静地欣赏，才能寄托我刻骨铭心的思乡之情，才能排解我的寂寞忧伤，才能宣泄我的痛苦悲凉；我只知道，爱月等月、望月、赏月，它能让我感到生活充实、记忆闪光。月亮那溶溶的辉、淡淡的华、皎皎的光，还有它的甜柔宁静、它的清澈明朗，无不遥遥地赋予我极大无量的快乐与安慰、憧憬和遐想。

爱月亮，更爱家乡的月亮。大千世界，人海茫茫，我们每个人的经历都不会一样。如果说有一样，那就是我们对幸福生活的共同追求和渴望，还有我们共同生存着的这片土地，共同沐浴着的日月之光，共同谱写的世事沧桑和生命乐章。其实现实生活赋予我们更多的是艰辛、等待、苦恼和忧伤。就像席慕容诗里所写的那样："在长长的一生里，为什么，欢乐总是乍现就凋落，走得最急的都是最美的时光。"每每仰望着天上的月亮，我都在想，只要这轮清澈皎洁的月亮还能够传达着我们彼此的情思，还能聚焦我们彼此牵挂的目光；只要我们都能够奋斗追求在这个世上；只要我们都能够幸福健康地晒着月亮，即使我们素不相识，永不谋面又有何妨？"但愿人长久，千里共婵娟"这一深情祝愿，将是我们人类永远不变的美好愿望！

想您，在月亮升起的时候

妈妈，我好想您！在这个静美的仲秋之夜，在这个月亮升起的时候，在这个万家团圆的时刻，远在他乡无法和您团聚的女儿，又一次深深地把您想起。妈妈，您知道吗？自从离开了家乡，女儿就特别喜欢独自一人望着月亮，静静地想念着您，想念着家乡。月亮代表女儿的心，她会传达女儿对您的心语；月亮代表女儿的眼睛，无论我们母女相距多么遥远，她都能让我捕捉到您的容颜。

妈妈，我好想您！此刻的您是不是也正在望着这轮渐渐升起的明月想念着女儿呢？我想一定会的，因为我们母女的心是相通的，情是相连的。尤其是在这个月满中秋，情满人间的夜晚。此刻的明月就是我们母女凝眸的聚焦，今晚的月宫就是我们母女欢聚的地点。这悠悠的月华在轻轻地拥抱着你我，这柔柔的晚风在悄悄地亲吻着你我。这种同望一轮月、共浴漫天辉的感觉真好。

妈妈，我好想您！也许是因为人的年龄愈大，感情就会愈加脆弱吧；也许是因为爸爸猝然去世您的身体每况愈下的缘故吧。总之，这次和您分别以后，我对您的思念之情比以往任何一次都要强烈。如今爸爸不在了，失去了多年相濡以沫的伴侣，失去了他老人家的关心和呵护，您一定会感到非常的孤寂和痛苦吧？您现在身体还好吗？心情还好吗？一想到今夜此时，您在思念爸爸和牵挂女儿时而流下的那些伤心的泪，女儿就会感到无比的心痛。

妈妈，我好想您！每当女儿想起在您的身边度过的那些年年岁岁、朝朝暮暮，想起您的勤劳和辛苦，想起您的善良和质朴，想起您的关爱和呵护，女儿就感到无比的温馨和幸福。您用汗水铺就了女儿成长的路，您用真情描绘出女儿理想的蓝图。和天下所有的母亲一样，你们的爱就是儿女们生命的源泉、人生的财富。

妈妈，我好想您！想您的时候，女儿就想变成一缕飘忽的云烟，或者一只飞翔的鸿雁，飘过万水千山，飞过茫茫云天，飘回我的故乡，飞回我的家园，回到您的身边；想您的时候，女儿就想变成咱家房前您天天浇灌的那些花儿，或者屋后您精心栽培的那些果树；想您的时候，女儿就想变成您白天写字的笔，夜晚捧读的书；想您的时候，我就会感到一阵阵忧伤、一股股酸楚；想您的时候，我就会泪眼模糊、思潮起伏；想您的时候，我就会望月长叹，临风倾诉。如果此时的苍天能懂得女儿的心思，今晚月亮能理解女儿的苦楚，她们定然会捎去我由衷的问候和遥远的祝福，祝您老人家万事如意，康乐幸福。

妈妈，我好想您！在这个万家团圆的时刻，在这个花好月圆的夜晚，凭栏久立，凝月长思的我仿佛看见了您——我那白发苍苍的慈母。您披着一身月华向我款款走来，您那温柔的眼神和慈祥的笑颜一如从前。我惊喜无限，张开双臂飞一般地扑到您的面前。于是，我们这对久别重逢的母女，就这样紧紧地相拥在这片皎洁的月光下，欢聚在这个不眠的美梦里，沉醉于这个月光如水的烟火人间……

月光洒在梦幻里

　　每个人的一生都会有许多难忘的记忆，或是在春天，或是在夏季……或是在阳光下，或是在梦幻里。无论它发生在何时何地，既然难忘那么它必定会有叫你难忘的新奇与美丽。小时候难忘的记忆很多，露天电影就是其中之一。出生在六十年代的人，大多数都会有关露天电影院的记忆。我不知道别人会不会有这样的感觉，但露天电影对我来说却有着梦幻般的色彩，和诗意般的美丽。

　　在那个文化生活匮乏的年代，能够看上一场露天电影也不是很容易的事。只有逢年过节或者有什么重大活动时才能看上。因此我们也特别地珍惜。若是能看上一场露天电影，简直比过年还要高兴。不管走多远，不管看过多少次，只要有就绝对不会放弃。因为不用花钱，就可以欣赏到那些精彩的电影；还可以在看电影的同时和小伙伴见面玩耍嬉戏，所以，付出多少代价我们也在所不惜。

　　如果是在本镇放映电影，吃过晚饭，我和姐妹们就会搬着小板凳，早早地到放映电影的地方去抢位置。如果去得晚了，我们就站在远处的山坡上，或趴在高高麦秸垛上，或坐在某单位的墙头上，或爬到树杈上看。每当此时，那种居高临下的感觉，都会让我们感到十分的欣喜和惬意。那时那刻，当看见那片黑压压的人群，还有那些以各种不同的姿态，占据在最佳位置上去欣赏电影的人们，我就仿佛是在看电影外的电影。那种人外人，影外影，天外天的感觉给人以一种说不出的新奇和美妙。如若细细思量，其实就是如此，屏幕上在放映电影，屏幕之外也在放映同样精彩的电影。屏幕上下都是一个精彩的舞台，尽管我们各自的角色不同，但每个人都在努力地扮演着自己的角色。人生如戏，在人生这个大舞台上，我们都是生活的主角，世人就是我们的观众，他们时刻都在欣赏我们演绎着各自不同的悲喜剧。

记忆最深的一次就是七岁那年的秋天，在家乡的麦场上看露天电影。因为去晚了，所以我们不得不爬到一个很高的麦秸垛上去看。那是一个月光如水的夜晚，皎洁的月光深情地亲吻着世间的万物——也包括我们这些争先恐后看电影的人们。不远处的田野里，有宿鸟偶尔地呢喃；有秋虫的尽情吟唱；还有凉爽的秋风氤氲着稻菽成熟的芳香，在旷野上轻轻地徜徉。因为那天看的电影是已经看过好几次的《天仙配》，所以，我对电影的内容早已失去了兴趣，只对那溶溶的月光、徐徐的晚风、淡淡的芳香，兴味盎然、情绪高涨。躺在那个松软的麦秸垛上，尽情地享受着天地间的万象风光，那时那刻，那种天当房地当床的感觉真是令人神清气爽。于是，我便痴迷地仰望着月亮那张灿烂的笑脸，尽情地畅想那些有关它的神话故事，偎依在姐姐的身旁，渐渐地走进了一个甜美的梦乡。

我梦见许许多多美妙神奇的场景：忽而，梦见自己和小伙伴们沐浴着月光，尽情地嬉笑追逐在山中的林间小路上，听宿鸟在轻轻呢喃，清泉在淙淙作响，看树枝在婆娑摇曳，山花在缤纷绽放……忽而又梦见自己化成一个美丽的仙女，衣袂飘飘，轻舞飞扬，飞到了月亮之上，看见了机灵乖巧玉兔，美丽寂寞的嫦娥，伐桂酿酒的吴刚……总之，月宫里的湖光山色，花姿鸟影，无不让我赏心悦目，欣喜若狂。也梦见自己和嫦娥一起凭栏而立，俯瞰着人间的各种景象……

我从没有酣畅淋漓地做过一个如此缤纷绮丽的梦，那种如痴如醉的感觉，真是让我永生难忘。哎！醒醒吧，别睡了，电影快演完了……不知道过了多久，我竟被姐姐给叫醒了。等我睁开朦胧的双眼，才发现整个世界都沐浴在一片皎洁的月光里面，它给我的欣喜一点也不亚于刚才那个缤纷的梦幻。也就是说，我刚刚告别了一个梦幻又拥抱了另一个梦幻，我不禁由衷地感谢那晚的月光，它在给我装饰了一个个梦幻的同时，也让我对人生对斯世充满了无限的憧憬和爱恋。那种月光洒在梦幻里的感觉，也将是我最难忘的记忆，最深沉的眷恋！

　　每次回到家乡，我都会怀着一种激动兴奋的心情，迫不及待地奔向我父母居住的老屋。那种感觉就犹如迷路的孩子奔向光明，奔向希望，奔向父母温暖的胸膛。

　　老屋位居我家乡那个县城的黄金地段，居住面积足有二百多平方米，占地面积大约一千多平方米。这样的建筑规模至今在当地也是首屈一指的，这一点也足以证明当年父亲在世时在当地的势力和地位。老屋如今已经有三十多年的历史了，虽然经过多次修缮，却仍然无法掩饰它历经岁月、风蚀雨侵的痕迹。风雨飘摇中，它无时无刻不在述说着岁月的无情和世事的沧桑。

　　老屋的前面是三间临街的门房，旁边是一扇红漆大铁门。铁门很宽，轿车可以自由出入。从大门进来以后，首先是一个足有二百平方米的院子，这里经常盛开着由母亲倾情、倾力、亲手栽培的各色花草。它们分盆栽和土栽两种。除了冬季，它们经年花香四溢，芬芳扑鼻——不是芳菲满院就是清香一室。母亲就像培育我们一样培育着它们，也像爱着我们一样爱着它们。在母亲的辛勤培育下，它们也和我们一样茁壮地成长着，灼灼地开放着——时时散发着蓬勃的生机。

门房的对过是七间正房——也就是我所说的老屋。屋后是一个足有六百多平方米的菜园子——这里也是我们全家人挥洒汗水、播种希望的地方。父亲在世的时候，经常带着我们在这里种各种果树和蔬菜。这些蔬菜和水果不仅丰富了我们日常的饮食生活，而且也给我们平凡的日子平添了许多的乐趣和生机。春天，我们喜欢在这里播种欢乐；夏天，我们愿意在这里感受蓬勃；秋天，我们能够在这里尽情收获；冬天，我们可以在这里溜冰玩雪。这里不仅种着我喜欢吃的各种家乡蔬菜，而且也时时散发着家乡黑土地的芳香。

菜园的后面至今还存活着父亲当年亲手种植的十几棵杨树，它们如今已经由当年的纤弱树苗，成长为参天大树——它们在茁壮成长、枝繁叶茂和参天避日中，见证着我们家悲欢离合的平凡生活；也见证着家乡的繁荣和变化。这片菜园子虽然很普通，很平凡，但它在我的心中丝毫也不亚于鲁迅笔下的百草园。我虽然没有鲁迅的文笔，不能让它流芳百世，但它却能永远流芳在我的记忆里。

尽管老屋的建筑格局和装修样式都很古老陈旧，但它时刻都能让我感受到一种温馨和快乐。因为它毕竟承载了我一生中最幸福、最难忘的时光。许是受到性格豪爽、胸怀宽广的父亲的遗传，我们姊妹六个，除了我的性格有些内向，略显忧郁，其他的兄弟姐妹都属于地地道道的乐天派。他们个个性格开朗，乐观豪爽。记忆中，自从我十二岁和全家人入住老屋以后，这里就每天都是喜气盈门，笑语不断。因此，我们又给老屋起了个雅称叫"快乐大本营"。是的，在我们的心中，老屋就是我们的根据地、大本营。无论我们走多久，走多远，可我们的心，我们的根，我们的快乐永远盘踞在这里。

不言而喻，我们家虽然兄弟姐妹很多，但却是一个幸福和睦的大家庭。嫂子和弟媳妇不仅貌美如花、善良贤惠，而且孝顺能干。几个女婿也个个精明强干，豪放乐观——大姐夫成熟睿智，二姐夫幽默风趣，我老公豁达干练，四妹夫慷慨大方。我这个人很信缘，我确信冥冥之中我们这个大家庭的每一个成员之间都有一份红尘情缘，也都很珍惜这种相识、相聚、相守之缘。尽管大家平时都很忙，可是只要一有时间全家人就会欢聚一堂。每次欢聚在一起时，大家都是挣着消费，抢着干活——兄弟姐妹之间互帮互助、互敬互爱。婆媳、妯娌、姑嫂之间和睦融洽。大家在一起有说不完的话题，叙不完的情意。经常因一句笑话而逗得前仰后合，也时常为一件喜事而乐得手舞足蹈、笑声连连。那种费用平摊、欢乐共享、其乐融融的感觉真好！

父亲去世以后，老屋就由我母亲、弟弟和弟媳一起居住。随着经济条件的好转，弟弟、弟媳早就有卖掉老屋去住楼的打算。可母亲和姐妹们都舍不得。尤其是母亲，宁可受累点炉子取暖，也不愿意去住楼。其实只有我们最理解母亲的心意。她老人家舍不得老屋的真正原因是这里有我父亲的影子，也有她亲手栽培的花草树木，还有她的一些老邻居……

而我更是舍不得老屋，老屋虽然老，虽然旧，可它却有我成长的足迹，快乐的源泉，生命的根须，也是我每年都乐于怀着那种激动兴奋的心情，不远千里、风尘仆仆奔赴故乡的目标和理由。我常常在想，我的"快乐大本营"即使不能永远地存在于我的生活之中，也将永远地存在于我的心里。

老屋天籁

　　思乡、怀旧是世人的情结，亦是我的情结。这一情结是与生俱来的，且随着年龄的增长愈演愈烈。每次思乡怀旧之时，我最喜欢追忆的还是在家乡老屋度过的那些有声有色的日日夜夜。

　　不错，老屋的日子是有声的，除了我们这些儿女的欢声笑语，还有许许多多难以描述的天籁之声。这些声音有父母养的鸡鸭鹅狗们的合奏；也有梁间燕子的呢喃；还有房前花草中的虫鸣，房后菜地里的蛙噪和厨房里蛐蛐的欢唱……它们常常是时断时续，此起彼伏，跌宕有致的。它们不仅让我家的老屋充满了生机，也为我平凡的生活增添了许多的情趣，在我的心中它们就是天籁就是仙曲。

　　有时候我在想，人都说人有人言，鸟有鸟语，如果这是真的，那么这些鸡鸭鹅狗，蛙鸟蝉蚤的欢叫鸣唱岂不就跟我们人类一样，在说话、在倾诉——在互相表达、彼此传情、相对吸引吗？从某种意义上来讲，它们不是也和我们人类一样在演奏着生命的乐章，在谱写生命的恋歌吗？尽管它们有时是聒噪喧嚣的，是不分时间和场合的。但你没有理由不去接受它，就像你没有理由不接受自然，去拥抱自然一样。当你真正地接受它们以后，你会发现这些声音是和谐美妙的。就像大自然的风声雨声一样，它能让你感受到自然的韵律和四季的美好。

许许多多夏日的夜晚，我都会久久地坐在门前，沐浴在如水的月光中聆听着这些天籁之音。如果你愿意，也可以手摇一把团扇，身躺一把摇椅，闭上眼睛静静地去聆听、去感受、去冥想。我喜欢在那些星月争辉，萤火虫闪烁的夜晚，去静静地聆听，那些来自自然、来自生命的恋歌。那时那刻，你会觉得蛙声在为你鼓动，蝉蚤是在为你鸣唱……它们都在为你倾情倾力地合奏一曲生命的乐章。它们在引领你、感召你抵达一种和谐美妙的境界。这是一种诗意的境界。它是空灵的，圣洁的，纯美的，也是物我两忘、宠辱不惊、超凡脱俗的。这种意境也会让你忆起许多、忘记许多、收获许多、放弃许多。当你真的被这种美妙的天籁而感染了的时候，你会觉得这种声音不再喧嚣聒噪，不再放浪轻浮，而是世上最美的音符。它能让你感受得到生活的美好和幸福，忘记人生的许多烦恼和痛苦。

是的，我不仅喜欢在故乡老屋度过的那些闻鸡起舞的日子，也喜欢感受那种"春眠不觉晓，处处闻啼鸟"的幸福生活……这些天籁之声不仅加深凝重了我思乡怀旧的情结，也成了我热爱生活，醉爱红尘的理由。

世上有许许多多的声音，但不是所有的声音都值得你去聆听，去记取。也不是所有的声音，都能给你以深刻的记忆——都值得你去怀念、去回忆。可老屋的那些天籁之声却总能萦绕我的耳畔，总能激发我的追忆——令我沉醉、迷失、怀念不已！

山
水
之
乐

　　智者乐水，仁者乐山，我虽非智者，也非仁者，但却是一个喜山乐水之人，崇敬山的坚忍不拔，崇敬水的勇往直前；喜欢山的富饶博大，喜欢水的旖旎悠远。家乡的山山水水无不留下我童年的足迹，少年的笑颜，青春的梦幻。其实作为山区的孩子，人人都会拥有山水之乐。

　　在我的家乡有一条弯弯的小河，这条河两岸环山，白云倒映，碧草连天，水光潋滟，鸿雁盘旋。小河的最大特点就是水势平稳，水流清澈。小时候我们经常在那条河里洗衣服，洗澡，捞鱼。每次下河洗衣服的时候，我们都会做好洗澡和捞鱼的准备。大多数的时候都是大姐带着我和二姐一起去的。

　　等到了河边，我和二姐就会把东西一放，脱了鞋，挽上裤腿——迫不及待地下河去捞鱼。洗衣服的重任只能由大姐承担了。河里的鱼很多，有时候用手都能抓着，一会的功夫就能捞到许多的鱼。我们时常会为捞到一条大鱼而手舞足蹈，也会为偶尔捞到一条红鱼而欢呼雀跃。那时候，我们根本就不懂那些鱼儿捞上来了以后，就意味着生命的完结。只知道打捞它们会让我们享受快乐——打捞它们就意味着在打捞快乐。

　　等我们捞够了鱼，大姐也洗完衣服，这时已经快到中午了。大姐把那些五颜六色的衣服，搭在茂密的青草上，晾在火热的阳光下，就会带我们找到一个很隐蔽的地方去洗澡。洗澡给我们带来的快乐，更是无穷无尽，无以言表。我们会在河里打水仗，学狗刨，扎猛子……有时候，还会把裤子里吹上气，用绳子把两个裤脚和裤腰系上，把它放在水里当救生圈玩。在水里玩累了，我们就躺在岸上的沙滩上晒太阳，找一个有淤泥的地方，做泥娃娃，玩泥娃娃……

总之，在那弘清澈的碧水里，在那片巍巍的青山下，我们会变着花样儿地嬉戏玩耍。任凭那些无忧无虑的时光，伴随着那弯悠悠的碧水欢快地跳跃尽情地流淌。那时那刻，那种其乐无穷的感觉，让我忘记了俗世的烦恼，忘记了时光的流失，忘记了自己的存在——那种恍然如梦，浑然忘我的山水之乐，真是世界上所有的财富都换不来的。多年以后我都难以忘记那条小河给我带来的那些温馨快乐的时光，并为如今回到家乡时，所看到的那条干涸污浊的小河而感到忧伤。

岁月的风尘，环境的污染，已经把我心目中那条旖旎秀丽的小河变得面目全非了，这怎能不让我痛彻心扉呢？

我是多么希望那条澄明清澈小河，不仅只是流淌在我童年的旧梦里，而且也能永远地流淌在我生命的里程中。我是多么希望那条澄明清澈的小河，不仅只是鉴照我的那颗天真无邪的童心，而且也能鉴照我生命中的所有时光。但愿我的希望不是梦想！

心灵之耳

　　自从上个月二十六日回到家乡，一眨眼就已经二十多天了。这些日子，在我尽情地享受着与家人们团聚的幸福和快乐之时，却常常在柔软的内心深处产生一种莫名的隐痛。这种隐痛并非莫名，确切地说，它完全来源于母亲的衰老。与母亲欢聚的日子里，我又一次真真切切地感受到了岁月的无情。不知不觉中，它已经把当年那个端庄秀美的母亲，变成了如今这个白发苍苍的老人。它就像一个粗暴的莽夫，在无形中尽情地挥舞着手中的风刀霜剑，残忍地蹂躏着一朵生命之花，直到她枯萎凋零，香消玉殒。

　　是的，母亲老了。无情的岁月不仅摧残了她娇媚的容颜，也在损坏着她身体的各个器官。尤其是她的听力，已经愈来愈差。这也是我和母亲交流时最大的障碍和最深的悲哀。尽管我有许多心里话要对她倾诉，可我们每次交流的时候，即使我喊破了嗓子她也只是一知半解。急得我有时不得不贴着她耳朵高喊，更恨自己的嗓门不够大。不过还好，我说的话她听不见，她说的话我却可以照单全收。大多数的时候我只能默默地倾听母亲的"唠叨"，或是在好奇和忍不住的时候间或放高喉咙问上几句，然后再听着她所答非所问地继续兴致盎然地说着。尽管这样的交流充满了无奈和悲哀，但在我看来，这已经是我们母女久别重逢后最弥足珍贵的一幕了。因为它毕竟让我们的思念之情得到了些许的慰藉和弥补。

可偶然间我却发现，母亲和弟弟交流时却不像和我们交流时那么的难。弟弟每次和她说话，她基本上都能听清听懂，而且弟弟说话时的声音并不是很高。这一发现使我疑惑不解，于是便好奇地问妹妹。妹妹听了我的话，就不假思索地说，其实也没有什么奇怪的，因为弟弟每次和妈说话的时候都是与他面对面地一字一字地慢慢地说，咱妈用眼睛看着他的口型和神情就能听懂他在说什么，根本用不着大声喊。那一刻，我被妹妹的话深深地震撼了，同时也不禁想起"心灵有耳"这句话。

有句成语说得好，心照不宣。如果能够心意相通，心领神会，又何必大声地去表达呢？弟弟和母亲就是这样，他们不需大声喧哗就能互通心语心愿。当然这种心有灵犀的境界，必须是以爱心和孝心为基础的。不错弟弟是孝顺的，哥哥和弟弟的孝顺一直都是我自叹弗如的。弟弟是用自己的一片孝心与母亲之间竖立起一双心灵之耳，营造了一种心灵的共鸣的意境，从而达到那种和耳背的母亲之间没有任何语言障碍的境界。这种心灵之耳也是一种孝心之耳，它是任何音质的语言和肢体的语言也无法取代的。它来自于感天动地的孝心，也来自于天高地厚的母子之情。我愿普天之下所有的儿女和父母之间都能够拥有这种心灵之耳，也愿普天之下所有的父母都能幸福百年、康乐永远！

燃烧的映山红

　　家乡的山花很多，而我最喜欢最崇敬的当属那傲霜凌雪开于百花之首的映山红了。映山红又名满山红、杜鹃花……我们当地的老百姓们都喜欢管它叫达子香。因为它是寒冬过后开得最早的鲜花，故又被人们誉为迎春花。

　　小时候每逢春天到来的时候，我们都会到山上去采映山红。采映山红的时候，我们从不会采那些开得正红正艳的花儿，而是采那些蓓蕾初生含苞待放的花枝。这样回到家中以后，再把它插在花瓶里，里面装上水；只要每天换水，映山红就会渐渐地开放，而且愈来愈艳，愈来愈香。在那个缺少家居装饰的年代，用几簇鲜艳欲滴、灿若云霞的映山红来装饰我们的生活，的确是一种绝妙的享受。因为有了这几许春意的点缀，便使我们暗淡枯燥了一冬的生活变得热情奔放，灿烂芬芳了起来。

　　二姐性子急，每年冰雪未融春风料峭的时候，她就会带着我去采映山红。因为有雪、有风，上山的道路就显得特别的艰难坎坷。为了能采到几枝映山红我们每次都累得气喘吁吁、筋疲力尽。但我们却从不曾因为这种艰难的跋涉，而放弃一次拥抱春天的机会。

　　在我们纯真幼小的心目里，映山红就代表着春天，也代表着一种崭新的生活。它就是我们燃烧的希望，蓬勃的梦想。它对我们有着无穷的诱惑力和巨大的感召力。这些力量在无形之中汇聚成一股让我们排除万难，去采撷春天的强大动力。也就是说，为了采到那些凌寒傲雪的映山红，我们也变得敢于傲雪凌寒起来。多年以后我才豁然明白，如果生命没有一种栉风沐雨、傲雪凌寒的精神，那么它就不会有存在的意义和价值了。一种植物都能有战胜自然不畏严寒的精神，更何况作为万物之灵的我们呢。

喜欢在踬跌跋涉后看到那一株株映山红的惊喜；喜欢采撷一枝枝含苞待放的映山红时的那种快意；也喜欢手捧一簇簇映山红时的那种欢娱。更喜欢躺在那漫山遍野的映山红的花丛中，欣赏着那些灼灼开放、蓬勃招展的映山红时的温馨和惬意！

那时那刻，那朵朵彩霞、片片红艳，不但映红了我的心，映红了我的脸，也映红了我生命的春天和童年的梦幻。我不知道生命中能有多少拥抱春天，欣赏映山红的日子；更不知道这些日子将会给我留下多少难忘的记忆。我只知道那些热情奔放的映山红，不但映红、燃烧了我天真烂漫的童年时光，也了我生命中所有的日子。映山红的淡淡清香不仅沁醉了我的青葱岁月，而且馥郁芬芳了我所有生命的时光。我愿所有的生命都能拥有映山红那种凌雪傲霜的斗志，怒放燃烧的精神和亘古飘香的品格。

飞扬的蒲公英

儿时有许许多多难忘的经历，它们就像生命长河里一朵朵欢快的浪花，永远跳跃闪耀在我的记忆里，不仅温馨着我的生活，而且也点缀着我的回忆。人生苦短，这些难忘的经历，就是生命的宝藏，值得我适时地温寻和珍藏。小时候最难忘的经历就是上山挖野菜、采野花了。那时候，挖野菜就是我们那些住在山区里的孩子们的一件赏心乐事。

每当春天到来的时候，我们这些天真好动的小孩子们，就再也抵挡不住大自然的诱惑和呼唤，便时常挎起小篮子奔跑在山野林间。山上的野菜种类繁多，形态各异，不仅能满足我们这些小孩采撷春意的愿望，也能缓解我们这些贫困家庭因粮食不足而带来的烦恼。在那个物质生活匮乏的时代，那些味道鲜美、营养价值丰富的野菜，就是我们每日餐桌上的美味佳肴。

每年挖得最多最早的就是那些既有食用价值，又有药用价值的婆婆丁了。婆婆丁的学名叫蒲公英，它生命力极强，从不择地生长——沟谷、山坡、草地、路旁、田间、河岸沙坡等地，随处可见它那坚强可爱的倩影。它没有桃李花朵的娇艳，也没有玫瑰月季的芬芳，但它传播着春天的气息，散发着顽强的生命力，给人以积极向上的力量。

每当春天来临之际，蒲公英便欣欣然地钻出地面（有的是由原来的老根中发出新芽），根须渐渐地加深，叶子慢慢地肥大。最后抽出花茎，在碧绿丛中绽开朵朵黄色的小花。花开之后，种子上的白色冠毛结成一个个绒球，随风摇曳。种子成熟后，像一把把小小的降落伞，随风飘散到新的地方安家落户，孕育新的生命——这也是我渐渐长大以后才了解到的它的生态习性。

婆婆丁的味道很苦，小时候，我最不喜欢吃的就是这种苦涩的野菜。记忆中我家吃婆婆丁最常用的方法就是洗干净了蘸酱吃。其实它还有很多烹制方法。然而，在当时那种粮油不足，调料短缺的时代，也只能用这种最原始的吃法了。从小就喜欢吃甜食的我，每次咀嚼着婆婆丁那种苦涩的味道，都会咧着小嘴直皱眉头。每当这时，爸爸就笑着对我说，良药苦口嘛，婆婆丁可是难得的药材，它不仅能消炎利尿，还能败火哪……爸爸说这话的时候，吃起婆婆丁的样子就更香更甜了。仿佛并不是在吃一种苦涩的野菜，而是在吃山珍海味。那种甘甜的舒心的神态让人好不羡慕。如今，每当回想起爸爸吃婆婆丁时那津津有味的样子，我就会想，其实生活不就是把那些苦涩的日子，咀嚼成一种甘甜的味道吗？

喜欢在生机勃勃的春天里，感受那种到处挖蒲公英时的快乐欢娱；喜欢在一片片绿油油的草地上，欣赏蒲公英那一朵朵灿烂夺目的黄花时的舒爽甜蜜；喜欢躺在那一片片金黄色的花丛里，顺手折下一簇簇蒲公英那毛茸茸的种子，并把那一朵朵洁白的花絮，吹向蓝天时的温馨惬意。

是的，那时那刻，那些璀璨的蒲公英的花儿，不仅璀璨了我童年的时光，而且也缤纷了我童年的梦幻；那些轻舞飞扬的蒲公英的种子，不仅飞扬着我童年的快乐，而且也放飞了我童年的梦想。此时此刻，当我再一次温寻着旧梦——回忆那些挖婆婆丁时的美好经历时，我已经惊喜地发现，其实当年的那些蒲公英种子不仅飞扬在我的回忆中，而且也永远地飞扬在我的生命里。

第二辑

岁月悠悠

深远的祝福，深远的情

　　大年初一的早晨。伴随着连绵不绝振奋人心的爆竹声，我手机的短信铃也不断地响起。我怀着喜悦的心情，一条一条地翻看着那些语言优美、情意深长的手机拜年短信，心里感到无比的幸福和欣慰。在这些饱藏着深情和祝福的手机短信里，我惊奇地发现竟然有三四个是我不熟悉的手机号码。这些短信是谁发来的呢？是不是发错了呢？要不要给他们回复呢？对了，何不拿电话记录查一查呢。疑惑了良久的我猛然想到了这一点。这一查才知道，这几个不熟悉的电话号码全都是我二十年前的同学，从遥远的故乡给我发来的祝福短信。

　　我万万也没想到，这些与我十几年没有来往，今年夏天回乡的时候，才取得联系的老同学们，竟然在这新年伊始、举国欢庆、万家团圆之际为我发来了这一个个真诚的问候。对我来说，这每一条拜年短信，都是一份深远的祝福；这每一份深远的祝福，都是一份深远的情意。每一份深远的情意，都让我感到无比的丰盈与富足、幸福和甜蜜。捧读着这一条条语言优美的手机短信，我仿佛又看见一张张熟悉而亲切的笑脸；捧读着这一条条语言优美的手机短信，我仿佛又听到他们在以不同音质的语言与我倾心交谈；捧读着这一条条语言优美的手机短信，我仿佛又回到了二十年前我们朝夕相处、同窗苦读、风雨同舟的美好时光；捧读着这一条条语言优美的手机短信，我仿佛拥有了那种风华正茂、活力四射的青春岁月。

俗话说得好，人与人之间，感情最深的莫过于一起同过窗的、一起扛过枪的、一起吃过糠的。的确如此，去年夏天回乡的时候，参加了老同学们聚会以后，我便更加深刻地体会到了这一点。同学之间的友情，是最朴实最自然的，也是最经得起时间考验的。它犹如陈年的佳酿，在经风经雨经岁月之后，才会变得愈加的芳香浓郁、甘洌纯美。老同学聚会没有奉承和炫耀，没有自卑和做作。有的只有说不完的千言万语，道不尽的离情别绪。有的只有心与心的交流，情与情的碰撞。似乎真的已经到达了李白诗中所描述的那种："我醉君复乐，陶然共忘机。"——心无纷争，返璞归真的境界了。

正是这些曾经的友谊，真挚的情意，才鼓起我生活的信心和勇气；正是这些曾经的友谊，真挚的情意，才把我的人生，紧紧地与故乡联系在一起；也正是这些稍纵即逝却又湿润我双眸的真挚情谊，以及那些纵然久远亦不能淡忘的历历往事，它已经在我心中渐渐地积累，慢慢的沉积成为一份最美丽、最隽永、最凝重的温馨和富足感，任风雨侵蚀、岁月变迁，也永远无法让我忘记，永远值得我珍惜。友情是我焦渴时的一泓清泉、疲惫时的一座靠山。它不仅让我拥有一份幸福的怀想，也让我拥有一份美好的思念。如今我又一次深刻地体会到了友情的醇美、友谊的可贵。友情让我觉得人生的旅途我并不孤独，友谊让感到生活之中的我很富足。

财富不是你一生的朋友，而朋友才是你一生的财富。岁月更迭，悲欢交织，命运跌打，如今的我早已深深地懂得了，什么是生命中最最值得珍惜的东西。我们趋行在人生这个亘古的旅途，在坎坷中奔跑，在挫折里颠跌，忧愁缠满全身，痛苦洒一地。我们累，却无从止歇；我们苦，却无法回避。狂风暴雨来过，飞沙走石来过，我们已经布满伤痕，却还要面对一片片荆棘的丛林。我们生活着，我们前进着，我们不可能不遇到这样或那样的困难，我们不可能不需要别人的帮助，别人也不可能不需要我们的帮助。我们谁也不可能离开群体而独立存在，我们需要彼此的帮助来完善自己的生活，我们需要深远的友情充实自己的精神世界，也需要真挚的友谊来美化自己的心灵。我们渴望心灵的沟通，情感的交流，精神的慰籍。我们渴望拥有一份深远的祝福和一份深远的情意，友谊不竭生命才滋润，友情丰沛人生就灿烂。我愿人人都能够拥有一份深远的祝福和一份深远的情意，并希望所有的生命都鲜活滋润——所有的人生都灿烂辉煌！

人燕情深

　　我曾经说过，父母居住的老屋（我的娘家），也就是我们这些儿女心目中的"快乐大本营"。它之所以拥有这样的雅称，完全是由于它的温馨与快乐。在我们的"快乐大本营"里，不仅充满了我们的欢歌笑语，而且还另有一番别样的景致。

　　俗话说：良禽择木而栖，许是受老屋祥和之气的吸引，许是老屋的建筑格局更适合燕子的做窝。在我的印象中，几乎年年春天都会有燕子到我们家来筑巢。母亲是一个善良守旧的老人，她经常对我们说，燕子到谁家筑巢，就说明谁家的运道好。也就是说，燕子的留住就预示着家运兴旺，幸福吉祥。因此上，小时候每年春天我们对燕子入住，都有着一种莫名的期盼——就犹如期盼春天，期盼温暖一样期盼着它们的到来。也愿意为它们的入住，提供最方便最有利的条件——尽量不去打扰它们的出入，影响它们的起居。还时常怀着一颗纯真烂漫的童心好奇地观察着它们的生活情态。

　　每当看见燕子在春天的天空中颉颃比翼的时候，我就会想起"燕子来时新社，梨花落后清明"这首诗。当被那些燕子"叽叽喳喳"的叫声从梦乡惊醒的时候，我就会想起"春眠不觉晓……""莺莺燕燕春春，花花柳柳真真，事事丰丰韵韵……"等诗句，也就是说燕子的到来，不仅给我们的生活平添了许多的生机和乐趣，也让我的日子更加地富有诗意了起来。因而我也由衷地爱上了这些人类的朋友——燕子。

我曾经写过一篇散文叫《梦中的燕儿飞》。自从离开了故乡以后，燕子也只能飞在我梦中的故乡里。尽管每次回家都能看见燕子，可我还是常常为燕子不能时常翩飞在我的日常生活中而感到遗憾。所幸的是，这次回乡恰逢又有一对小燕子来我家筑巢。这是一对新燕，它们把巢筑在我家里房门上的一条电线上。那个巢不但筑得很小，而且也给人一种不太结实的感觉。或许是没有筑巢的经验，听姐姐说，它们来我家筑巢的时候，足足忙碌了两天也没有筑成功。见此情景，我们全家人都很着急，无奈，最后还是弟弟在拉电线的那个钉子旁，又给它们钉了一个钉子，它们才筑成了这个危巢。为了它们出入方便，弟弟还特意摘掉了一块玻璃。巢筑成了以后，它们很快就生蛋孵卵了。我来的时候，它们已经孵出了五只小燕。

喜欢燕子的我，便经常情不自禁地观察它们地进进出出、忙忙碌碌地喂养雏燕们的情景，并时常为它们那种含辛茹苦生儿育女的情景所感动。不错，燕子哺育儿女的艰辛与我们人类相比，的确是有过之而无不及。雌雄两燕不但要从早到晚不停地到外面觅食回来喂养雏燕，而且还要及时为它们清理粪便。那些小燕子仿佛永远也吃不饱似的，时时翘首遥盼着父母的归来。然后，再在一种欢呼雀跃的状态下，饕餮着父母辛辛苦苦捕获的食物。

五只小燕子就这样在父母精心哺育下，一天一个样地茁壮成长着。忽然有一天，那只雌燕捕食归来的时候，一进门就头破血流摔倒在地，痛苦地尖叫几声，便气绝身亡了。这一出乎意料的状况，把我们全家人都惊呆了。母亲忙拿来一个盆，扣在燕子的身上使劲地敲了一气，企图把她唤醒。可它仍然一动不动地躺在那里，嘴里还衔着两只刚刚捉到的活苍蝇。这只燕子进来的时候，恰巧赶上大姐在开门进屋。于是，她就以为是自己关门的时候撞死了燕子，便痛心疾首，懊悔不已。但据我分析这只燕子是在外面被人打伤后，又坚持飞了回来，进门以后才咽气的。可无论怎么样，我都被它那种伟大的母爱而深深地感动和震撼了，同时也不由得联想到了我们人类的母爱。由此可见，世界上任何生命的母爱都是伟大的，无私的，感天动地的。

怎么办，那只雌燕就在我们全家人的扼腕叹息中死了，留下了那只曾经比翼双飞的雄燕，和五只嗷嗷待哺的雏燕。五只小燕正是茁壮成长食量惊人的时候，仅靠雄燕自己的一双翅膀、一张嘴，是无论如何也养活不了这五只小燕子的。于是，第二天早晨，我弟弟就带领大家开始了给燕子抓捕虫子或苍蝇的工作。一开始燕子们还有戒备，根本不敢吃那些由弟弟奉上的食物。后来它们发现我们并无恶意，才慢慢地取消了芥蒂，并心安理得地享受起我们逮来的食物了。

就这样，那五只小燕子在我们全家人和那只雄燕的精心呵护下，渐渐地长大出飞了。一开始它们还早出晚归，慢慢地便不经常回来了。有时候看到它们翱翔在蓝天上的样子，我的心里便不由得产生一种眷恋感和成就感。因为，毕竟我们家曾经是它们生存和成长的乐园；毕竟我们曾经为它们的生活做出了一些贡献。我不知道那六只燕子离开了以后，是否会对我家有所不舍和眷恋。但我却知道，这群小燕子的离开，却给我带来了惆怅和伤感。因为，我毕竟和它们一起生活了一个多月，并亲眼目睹了这个家庭的生死离别与悲欢离合。

等我告别了"快乐大本营"——离开家乡以后。我依然忍不住一次又一次地重温那些曾经与燕子共同栖息的日子——那种与鸟儿同眠，和鸟儿共鸣，伴鸟儿齐飞的感觉，真的好美！好美！

那夜星瀚灿烂

　　我从没有见到过那样的星空，更没有看见过那样的夜色。那是故乡的星空，那是故乡的夜色。它有浩瀚璀璨的美丽，也有恬淡静谧的神奇。

　　那是一个令人难忘的夜晚，因为即将离别的忧伤侵扰了睡意。辗转无眠的我轻轻地走出了卧室，外面花香袭人，夜色如水，星空灿烂。那个晚上没有月亮，不经意地我看了一眼天上的星星，倏忽间我便被它们深深地吸引了。那是我从没有见到过的星空，一时间仿佛天上所有的星辰都涌现于我的视野，即使是最微小的，即便是最渺远的我也能够欣赏得到。我知道像这种群星荟萃的景致，只有在我故乡的天空上才能欣赏得到。因为这是非工业区，没有大气污染，即使是在白天也会给人一种碧空如洗、空气清新、纤尘不染的感觉。那是我现在所居住的这个空气污染严重，永远都是灰蒙蒙的天空，永远也见不到蓝天的蓝，白云的白的城市里，永远也看不见的景致。

　　我久久地伫立在那无边的夜色之中，如醉如痴地饱览天上的群星。那时那刻，每一颗星星都在那幽蓝的夜空熠熠地闪烁着，深情地与我对望。那一颗颗闪闪熠熠的星星仿佛在向我眨眼，并悄声地和我呢语着："快看，快看，快看我多美丽，多耀眼啊。"它们就像母亲在院子里种的那些鲜花一样，都在努力绽放着，尽情地闪耀着。虽然，它们明明知道这些努力只能获得短暂的荣辉。可是，谁又能否定这份努力的可贵？谁能说这瞬间的美丽就没有永恒的意义和深远的价值呢？花开还会落，星闪星也会灭，人生人也会死，明明知道无论多么精彩的演绎，无论多么耀眼的辉煌也都是暂时的，结束只是迟早的问题。可是，每一个人、每一颗星都甘愿倾尽全力地演好这一生，灿烂这一回。

记得著名诗人泰戈尔的诗中写过这样几句："你知道，你爱惜，花也努力地开。你不识，你厌恶，花也努力地开。"换而言之，你知道，你爱惜，星也努力地闪。你不识，你厌恶，星也努力地闪。也就是说每一朵花都有盛开的理由，每一颗星都有闪光的价值，每一个人都有生存的意义。花应为努力盛开过而骄傲；星应为尽情闪烁过而自豪；人应为生存奋斗过而无悔。这浩瀚星海亦如茫茫人海，每一颗星（人）都有自己闪光的位置；每一颗星（人）都有自己闪光的亮点；每一颗星（人）都有自己闪光的价值。即使是流星也会为夜空留下痕迹，也会为人间留下灿烂的记忆。

寄蜉蝣于天地，渺沧海之一粟。哀吾生之须臾，羡长江之无穷。是的，大千世界，人海茫茫之中我们每个人都是那么的渺小，那么的微不足道。就像一颗小小的星星与那浩瀚无边的星空相比一样。可是无论我们多么的平凡，多么的渺小，我们都应该为我们生存过、奋斗过而感到自豪和无悔。难道不是吗？没有群星荟萃，哪来浩瀚星空。没有众人的云集，哪来茫茫的人海。所以说每朵花、每颗星、每个人都有存在的价值和意义，这一点是不容置疑的。

我永远也不能忘记那个星瀚灿烂的晚上。我久久地伫立在天地之间，沐浴着漫天星光，把那群星璀璨的天幕深情地仰望。仿佛天上每一颗星星都是我发现的宝藏，都会让我产生无穷无尽的联想。我如梦如醉，如痴如狂。如果有云梯，我会毫不犹豫地攀阶而上，去把满天星辰撷取、包装、珍藏。我爱那浩瀚的星空，我更爱那漫天的星光。它带来了我无边的想象，带走了我离别的惆怅，并令我永生难忘！

蓦然回首 万事空

我恍然如梦地坐在当年曾经工作的办公室里。光阴似箭，日月如梭，眨眼间我已经离开这个工作岗位十五年了。十五年里，这个真实的梦幻我不知曾经做过了多少次，也不知曾经编排了多少遍。可是当我如今已经真正地实现了这个梦的时候，它又让我深切地感受到了那种梦幻般的迷惘与不真实。

我不禁惊讶时间这个神奇而伟大的魔术师，不知不觉中它已经把我昔日的绮梦丽寐变幻得黯然失色、面目全非。昔日的新办公楼已经陈旧风蚀，昔日那些风华正茂意气风发的同事们已经所剩无几，并且都已然是面纵阡陌，有的甚至于鬓染秋霜；就连当年我惊为天人的王姐现在都已经人老珠黄、满面沧桑。依稀还记得当年她那蚀人魂骨的酒靥，曾经无数次让人心醉神迷的瞬间。其实我不也不再是当年的我了吗？尽管他们都对我的青春不老发出赞叹，甚至于怀疑我是否偷吃了长生不老丹。可我心里明白，自己无论从外表还是心境都早已今非昔比。是的，眼前的一切早已不是当年的一切，直到现在我才切实地体会到，光阴暗转、似水流年的威力是多么的锐不可当。当年的一切早已经成为了一个遥远的旧梦或是一段闪光的记忆。只有当年的别梦依旧，别情依旧，和眼前这些遥远而不真实的人们的热情仍然依旧。

我在嘘唏感喟着时间易逝、岁月无情的同时，眼前的一切不能不让我产生那种"物是人非世事休，未语泪先流"的悲怆与凄然。区区十五年，弹指一挥间，我无法确定自己的一生究竟会有几个十五年，我只知道十五年在岁月的长河里只是匆匆的一瞬。"百年一瞬，万古如斯，"又何况区区的十五年呢？十五年里，我也曾经四五次返回故园。可是那种不曾"衣锦还乡，荣归故里"的自卑感，总是让我无颜到这里和他们相见。这次回来，我终于战胜了自己——鼓足勇气来这里温寻旧梦、追忆从前，好让自己不再为没有和这些生命中无法取代的故友旧知们重逢而感到遗憾。

我恍然如梦地坐在当年曾经工作的办公室里，仿佛又看见当年那个身穿着制服、亭亭玉立、英姿飒爽的自己；还有当年曾经在这里和同事们工作生活的温馨画面。然而，十五年的时间，却让我们这些曾经在一起工作过的——亲如一家的同事们东离西散，当年八个工作人员如今只剩下眼前这两位了，其他的都已经调转的调转、升迁的升迁。回想起当年作为全站同事中年龄最小的我，曾经得到过他们那些父兄姊妹般的关心与呵护，又怎能不让我思潮起伏，感慨无数呢。同时，我也为当年的自己曾经在这里努力工作过，并能够把站长布置的每一项工作任务都完成得有条有理而感到骄傲和无悔。

那一刻，我情不自禁地再度陷入了那种"相见亦难别亦难，东风无力百花残"的凄迷心境之中了。仿佛又看见当年自己曾经在这里与同事们依依惜别的忧伤情景，又看见了当年在离别的车站，同事为我送行时的悲伤场面——那天，包括站长在内的所有同事都来为我饯行。从家门口一直把我送上了火车。有的人甚至于都没有完成当天的本职工作，冒着被领导批评的危险前来为我送别。他们都争先恐后地给我拿行李抱孩子，并千叮咛万嘱咐地与我话别，就如同送自己的亲妹妹远嫁一般伤心不舍。那种"桃花潭水深千尺，不及王伦送我情"的深情厚谊足以让我感激涕零、刻骨铭心。可是当他们离开这里的时候，又有谁为他们送行和伤心呢？我却不得而知，不过，我想一定会有的。天下没有不散的筵席，聚散两依依也是人之常情啊。

悠悠万物，繁衍生息，无始无终。而我们每个人只是这世上的一个匆匆过客而已。回望苍茫，在这个莽莽昊苍、滚滚红尘之中，卑微而渺小的我们，有谁能操纵得了命运，左右得了聚散呢？"苍茫人海我为一粟"。生活是奔腾的海，它推动着我们不停地向前奔流行走。远的近了，近的远了，熟而生陌，亲而生疏。了然无绪的亲切，如梦如幻的生疏。期间我们必须错过许多擦肩而过的情意和两岸一掠而过的风景。等再过一个十五年，再过两个十五年，再过三个十五年……有谁还会在意自己是否曾经是别人眼中的风景呢？"哀吾生之须臾，羡宇宙之无穷，"无论你是王侯将相还是红颜枭雄；无论上苍赐给你怎样幸福而美好的命运，都将会被岁月肆虐的风霜雪雨化为虚无。蓦然回首万事空，古今多少事都付笑谈中。没有永恒的世事，没有不变的风景，有的只有时光的易失、岁月的无情，有的只是我们暂时拥有的真情，和这个短暂而美丽的人生。拥有并珍惜着才是你现在最明智的选择、最应该做的事情。

童年的往事

童年的往事很多，但给我记忆最深刻的莫过于有关哥哥的一些童年趣事。在我童年的记忆里，哥哥经常做出一些令人惊心动魄的事情，吓得我们不是做噩梦，就是睡不着觉。

哥哥虽然只大我一岁，但他的胆子却大得出奇，也非常的顽皮淘气，这与生性怯懦的我有着鲜明的对比。所以他做的那些令人匪夷所思、胆战心惊的事情，便在我幼小的心灵里留下了永不磨灭的记忆，至今想起还会令我心惊肉跳，心有余悸。

父亲在和母亲结婚之前有过一次婚姻，生过两个女孩后来都夭折了。或许是不堪承受这种沉痛的打击，父亲的前妻也相继去世。父亲和母亲婚后又一连生了四个女孩——二姐之后是一对双胞胎（后来也不幸夭折）。等哥哥出生后，已经见到六个女儿，才盼来一个儿子的爸爸，就理所当然地把他视如掌中宝了。加上哥哥长得漂亮可爱，全家人都把他当成了命根子。正是因为这种得天独厚的宠爱，才铸就了他那种天不怕地不怕的性格。

哥哥小时候经常打架、惹祸这都无需细说。

单说五岁那年。有一天，我和姐姐们突然听到后院传来几声尖叫，便急忙跑去观看，只见哥哥和邻居的一个小哑巴，手里抬着一个小死孩。那个小死孩已经被野狗吃得鲜血淋漓、面目全非——就连男孩女孩都看不出来了。见此情景，吓得我和大姐、二姐都嗷嗷直叫，哇哇大哭。但见我们被吓得如此狼狈，哥哥却不以为然，还把那个死孩子继续往家里搬。当时爸爸妈妈都不在家，也没人阻止他，幸好这时有一个拉沙子的马车从我家门前路过。那个车老板见我们都被吓得狼哭鬼叫，便用大板锹把死孩子给撮走了，扔进了我家后面的大河里。

我家的后面有一座沙子山。人们经常把那些不幸夭折的小孩扔到山上，任野狗豺狼饕餮食殆尽。哥哥弄回家里的那个小死孩就是从这座山上捡来的。尽管爸爸、妈妈和我们一再阻止他到山上胡闹，但他还是经常趁我们不注意，就往山上跑。

有一天，趁父母不在家，他又偷偷地跑到山上，捡回来一枚日本鬼子扔下的香瓜形手榴弹。等到了家里，他就把手榴弹放在门口，坐在门槛上拼命地砸。任大姐怎么叫喊阻止，他也不听。大姐那时虽然还不到十岁，但也知道那东西是容易爆炸的，所以不但吓得脸色煞白，而且连叫声也变得凄厉无比。尽管我和二姐当时还小，还意识不到事态的严重，可看到大姐被吓成那样子，也知道害怕，就躲在大姐的身后哭。大姐想带着我们跑，但哥哥却堵在门口。无奈，她只好搂着我们挤在墙角、捂着耳朵拼命地叫。就在这时，恰巧许叔叔来我家串门，赶上这惊心动魄的一幕，吓得他急忙厉声吼道，"住手！不要命啦？！"哥哥见有大人阻止，才不敢继续砸了。于是我家也避免了一场家破人亡的惨剧。

除了这些，哥哥上学的时候还经常逃课、旷课，到山上疯跑、到野外放火……尽管我知道，这些震撼人心的往事也只是哥哥生命长河里几朵跳跃的浪花而已，但它却成了我童年旧梦中刻骨铭心的记忆。

俗话说，"淘丫头出巧、淘小子出好"，一点也不假，哥哥这个淘小子后来果然出息了。哥哥长大参军后，不但工作积极，表现突出，而且为人也热诚正直，因此很快就入了党提了干。后来在那年大兴安岭森林大火的扑火战斗中，又荣立了一等功。转业以后又被任命为家乡那个县公安局刑警大队的大队长——成了一个名副其实的国家栋梁。

此时，窗外正春风浩荡，我的情思早已伴着这徐徐的春风飞回了以往。往事历历在目，如此的鲜活生动；往事如梦如烟，已然永不复返。我久久地坐在屏前，在温寻和追忆那些童年往事的同时，也倍加地思念哥哥，感谢哥哥。是的，我感谢他让我有关童年的往事，有了如此丰富多彩的内容和难以忘怀的主题。哥哥，你还好吗？但愿今夜此时，你也能在遥远的故乡把我深深地想起。为此，我也会由衷地祝福你！谢谢你！

那
人
，

那
年
，

那
月
，

　　每个人的一生都有许多不堪回首的往事，虽然不堪回首但却难以忘记。我今天所讲述的往事，虽然不完全属于我的记忆，但却是我的亲身经历。为什么这么说呢？因为那时候我还太小，许多事情都是后来从母亲和姐姐的回忆中才知道的。

　　我出生在一个干部家庭，父亲是我们那个县的党委书记。六十年代后期随着我的出生，史无前例的文化大革命，已经在全国轰轰烈烈地展开了。不久，父亲就因许多莫须有的罪名被打成了"保皇派"，后来又被下放到了农村。

　　那时候，我们家里就已经有四个孩子了——大姐、二姐、哥哥和我。农村的生活和城里的生活简直没法比。那是中国最动荡的年代，也是我们家最艰难困苦的岁月。爸爸的工资停发了，供应粮被掐了。全家六口人和人家共住一栋房子，两家合用一个厨房，锅台是砖头黄泥砌的。每天做一锅大碴子，除了给蹲牛棚的父亲送饭，剩下的家里人勉强够吃。

　　据姐姐说，那个房子躺在炕上都能看见天，窗户是用纸糊的，连玻璃也没有，屋子里冷得像冰窖。寒冬腊月，刚出生的我不是被妈妈整天地搂在怀里就是放在炕头上，连换尿布都不敢长时间，就别说洗澡了。听说，心怀宽广、豪爽乐观的父亲，从牛棚里回来修理房子的时候，一边用棉花堵窗户缝和墙缝还一边诙谐地说："一间小房冷飕飕，吃苦受难在里头。春夏秋冬谈笑去，岁月无痕乐悠悠。"

是的，就是那一间小房，承载了我家整整三年的苦难和悲欢。由于换了新的生活环境，那年才四岁的二姐根本无法适应，于是，就整天地哭，她一哭起来手脚都不闲着，两只脚就在炕上使劲地蹬。那时候，家里铺的都是炕席，她一个星期就能蹬坏一领炕席，炕席糜子把她的脚都划破了。妈妈看了心痛，就把她放在箱子盖上，可她蹬得就更厉害了，蹬起来也就更加的响了。这样不但影响我睡觉，也影响了邻居们的休息。

生活条件艰苦，父亲在蹲牛棚，家里的孩子又多又小，母亲的心情便可想而知了。比哥哥只小一岁的我，就成了家里最不受欢迎的人——因为我是在母亲最不想要孩子的时候来到了人间。本来想再要个男孩的母亲，看到了我的到来是什么样心情，就无法想象和形容了。

记得姐姐和我讲过；有一次外面刮大风家里不能生火做饭，我却饿得"哇哇"地叫。妈妈只好用两块砖头支起来，坐上一个小锅，在上面给我煎鸡蛋吃。比我大一岁的哥哥自然也闹着要吃了，于是妈妈气得一边给我们煎鸡蛋，一边用铲子指着我骂道："哭、哭、哭，这小死丫头就知道哭，要不是有你争嘴，我儿子还能多吃点奶、多吃点鸡蛋……"

尽管事情已经过去许多年了，可是我每次想起这些辛酸的往事，都会流泪不止，同时也为家里那些艰难困苦的日子，而感到悲哀和辛酸。所以也就更加地珍惜今天的幸福生活。

今天，当我又一次地想起那些动荡的年代，那些艰苦的岁月，那些辛酸的往事；我就不禁在心里一再告戒自己：想想那些荆棘丛生、阴霾密布的日子，我就更应该好好地活着——幸福快乐地活着，积极充实地活着。为如今的美好生活，也为那些爱自己和自己爱着的人们好好地活着。只有这样才不愧对那些曾经走过的艰苦岁月，才不辜负上天赐予我的生命。

爱月，惜月，恋月，是我与生俱来的情结。我很惧怕阳光，阳光下我总有一种惶恐逃避的欲望；而月光下，我会感到一种说不出来的轻松和舒畅。喜欢在每一个月光如水的夜晚，欣赏月光下的一切。在我的眼里，月光下的一草一木、一花一叶都那么的富有诗意——月光不仅诗意和梦幻了我的生活，也诗意梦幻了这个世界。我喜欢浴着一身的月光，在一种如梦如幻的意境中，如痴如醉地欣赏着眼前的那些如诗如画的景物。我的生活也因有了这种如痴如醉的欣赏，而变得如诗如画地美丽。

在我家的楼前有一块空地，住在一楼的人们为了不让它闲置荒废，便在那里圈起了一块块的菜园子，种起了各种蔬菜。有道是，站得高看得远——于是，这些蔬菜就在他们的精心培育下，很快就招摇蓬勃在我的视野里。我喜欢站在阳台上一边做饭，一边欣赏着那些辛勤耕耘的人们和那些茁壮成长的蔬菜。我欣喜地发现，我们小区因为有了这片田园风光，而变得更加的丰美诗意了。

这些农作物中，长势最好的就是丝瓜了。这些丝瓜在人们的呵护和欣赏中，栉风沐雨地茁壮长着，很快就爬满了主人们为它搭的瓜架，有的甚至于爬上了二楼住户的窗户。于是，它们在阳光下灼灼绽放的花朵，在月光下婆娑摇曳的身姿，便时时地呈现在我的视野里。

喜欢欣赏丝瓜秧上那些盛开的鲜花，在阳光和月光下所呈现出来的那种不同的颜色。阳光下的丝瓜花儿是金黄灿烂的，月光下的丝瓜花儿是淡黄明艳的。无论在阳光下还是在月光下，这些花朵朵的金黄、片片的明艳，都会给我带来一种赏心悦目的享受。于是，欣赏这道美景也就成了我生活中不可或缺的内容。

尤其喜欢在月光下，欣赏丝瓜架上那些摇曳在风中的花儿，它们仿佛是在蓬勃盛开中、在恬淡静谧里，书写着一段生命的史诗。使人不禁在一种如诗如幻的境地里对生命、对世界发出一种由衷的敬畏和感叹。

有花儿就有果儿，毫无疑问，丝瓜花的果实就是丝瓜。丝瓜我虽然经常吃，也特别喜欢吃，但却更喜欢欣赏它们长在枝头，坠满瓜架的情景。出于好奇，每天晚上遛弯归来，在路过那些丝瓜架儿的时候，我都会贪婪地欣赏着那瓜架上的丝瓜花儿和丝瓜——尤其是在那些月光如水的夜晚。是的，这样的夜晚在我的眼里，在我的心里，都是大自然慷慨无私地赋予我的一首深刻隽永的田园诗，它不仅诗意了我的生活，而且也净化了我的心灵。

月光下，丝瓜架上的丝瓜和花儿无不显示出一种与众不同的美丽。它们静静地成长在叶蔓中，盛开在枝头上。体会着月光的沐浴，享受着晚风的抚慰，在如诗如梦的意境里，如诗如画地展现着自己的纯美。月光洒在丝瓜架上，也倾泻在黄花绿叶之间，它使那一片片郁郁葱葱的丝瓜架，变得更加的富有诗情画意。有时我想，我们的人生不就应该像这丝瓜架上的月光吗？无论有多么的短暂，也应该如诗如画地呈现在世人面前！

请为心情美美容

连日来精心编织、苦苦地打造了一部中篇小说。竟然致使文学功底浅薄，文学修养贫乏的我，产生了一种江郎才尽，身心俱疲的感觉。小说还没出炉发表呢，竟然在去复印部打稿子的时候，由于复印员的操作不当，把我的尤盘给弄坏了。小说的稿子以及里面保存的许多有价值的东西，顷刻间便化成乌有。尽管还抱着一线希望，找了几个内行人看了看，然而结果除了失望还是失望。那种怅然若失的感觉，致使我近日的心情一直郁郁的、闷闷的。看了一早晨的网文，不经意间瞥了一眼阳光明媚、春潮暗涌的窗外。不禁在心里暗暗自责，这样晴朗的天气、这样美好的春天，我有什么理由再为那些虚妄的欲望而感到闷闷不乐呢？

是啊，与其在这里与惆怅落寞的心情纠缠不休，还不如出去走走，放松一下紧张的神经，调理一下疲倦的身心，打造一个美好的心情呢。对！去美容院，一个预约电话打出去后，听到美容小姐那温柔而甜美的介绍，亲切而真诚的承诺后，就已经让我感到无比的舒心和畅快了。闭上眼睛，静静地躺在美容院那柔软舒适的床上，细细体会着美容小姐的那双柔软而温暖的小手在我面部的轻柔护理，以及细致周到的全身按摩。随着美容、足疗、全身按摩的逐步完成，我的心情也如同做了一次美容护理般，渐渐地变得焕然一新，亮丽清爽了起来。

从美容院出来，又乘兴逛了逛超市和书店。然后，骑着摩托载着我的一些日常所需、载着心爱的书籍、载着我亮丽的心情，徜徉在温暖的春风里，我才惊喜地发现，人的心情也如人的肌肤一样，它也是需要我们去精心保养和倾情护理的。皮肤需要补水、按摩及护理，才能保持光鲜艳丽，心情不是一样需要我们来精心调理及呵护吗？记得有位女诗人曾经写道："不受约束的是生命，受约束的是心情。"的确如此，大千世界、芸芸众生，生命反复更迭、生机无限曼延，永无休止。生命中还会有许许多多这样那样的意外和惊喜抑或是向往与希冀。而心情则不然，它大多数的时候是随着外界事物的变化而变化的，也就是说它是受外界条件的影响和约束的。譬如：天气的好坏、事业的逆顺、生活的曲直……其实与我们长相厮守、伴我们终生的只有我们的心情。爱情和亲情就如过往云烟短暂易散，它们也只是愉悦或阴霾我们心情的外界条件而已。如此看来，善于调节自己的心情，保持良好心态才是至关重要的。也就是说，懂得给自己心情做护理的人才是幸福快乐的人。

人生苦短，欢乐几何？朋友们，让我们善待自己、善待心情、珍惜生命、热爱生活吧。经历了儿子的诞生，经受了父亲的死亡——经过了人生的悲欢离合、生离死别。我才如此深切地感受到了生命的短暂和可贵，我才真正地领悟到，其实人生就是一个从出生走向死亡的过程，并有着不同的质和量而已。而心情则属于我们各自敏感的心灵，它是一种真实的存在，它是一种内心的体验。它被人创造亦创造了人生。无论是平凡、卓越；无论是一帆风顺或是坎坷曲折；无论是身心健壮或是沧桑病老，心情就犹如阳光、月辉、花香以及清新的空气，永远照耀、浸染、弥漫在我们的人生旅途之中。因此，我才清醒地意识到护理心情，保持一个阳光快乐心情，是何等的重要。

　　我如此热爱着世界，它让我感到痴迷；我如此热爱着人生，它让我感到完美；我如此热爱着生活，它让我感到幸福；我也如此热爱着生命中美好的一切，它让我充实快乐。这美好的一切，让我们没有任何理由不拥有一个美好的心情。美好的心情是幸福的源泉，美好的心情是快乐的根本，美好的心情是自信的条件，美好的心情是成功的基础。请让我们精心地护理和调整我们的心情吧！也就是说，请在适时和必要的情况下，为我们的心情美美容吧。让我们锻造一个美好的心情，抓住一个美好的心情，拥抱一个美好的心情。让我们天天都有一个美好的心情，让美好的心情伴随我们一生。因为只有美好的心情，才能让我们拥有长驻的青春、完整的自我、永恒的魅力！

我为我感动

　　眼泪，擦干了又流下来，流下来再擦干了，这是真诚的泪、伤心的泪、感动的泪、——是眼泪，也是心泪。泪，纷纷。泪，如雨。我泪雨滂沱地坐在电视机前，收看着河北经济频道上演的《错爱》，就这样情不自禁地被剧情感动得一塌糊涂不能自拔了。

　　感动，由衷地感动，作为一个多愁善感的小女人我时常被世事而感动。为值得感动的去感动，为不值得感动的也去感动。就比如这看电视、看书、看电影……我时常被其中的那些感人的故事情节而感动得是肝肠寸断，哭得是落花流水。明明知道这些情节和故事都是虚构的，明明知道它们感人的魅力只不过是某些文人墨客最善于施展的艺术功底或雕虫小技。可是我还是会情不自禁地被它们感动着，伤心着，流泪着，有时候甚至于哭得头晕脑胀，浑身无力。感动是一种深情的体验，感动是一种醉人的滋味，感动是一种难忘的记忆。它是无法预定也是不能奢求的；它总是在不经意的瞬间，悄悄地触动你的心灵，让你不由自主地陷入其中。

　　有时候细细思量，便会为自己的痴、自己的傻而感到可笑。然而，在嘲笑自己的同时竟然也会为自己的这份纯真和幼稚，这种真诚和善良而感动。对，自己被自己感动，感动于自己的这种对世事的关心和热诚，对世人的同情和悲悯。感动于自己的这份痴、这份傻。自己被自己感动其实这也是一种很高的精神境界，它是一种发自内心的人性悲悯，和自我悲悯。这是一种莫名的真诚，一种善良的情怀，它来自于那些平平淡淡的生活中，来自于那些悠悠长长的岁月里。

生活中有许多让我们失望和失意的事情，比如说：你在学习和工作中刻苦努力取得了优异的成绩，却遭到同学和同事的歧视和白眼；你为朋友献出满腔的热情和真挚的情谊，却遭到朋友无端的伤害……再如你经常被一些电视连续剧而深深地感动着，可是看到了剧终，编剧竟毫不留情宣布：本剧内容纯属虚构；还有当你被某一英雄人物的英雄事迹而一再感动着，然而，没过多久你又听到那个英雄的某些不光彩的事情被曝光了……如此种种，那么与其为这些不应该感动的而感动，与其为这些感动了的而失望，还不如把这种感动和失望转化成一种激发自己前进的力量，而后再让自己来感动自己。

喜欢写点心情文字，并力求让自己的文字能够感动别人也感动自己。去年回家的时候把自己写的一些文稿给亲人带了回去，没想到我的文字还真的感动了他们。尤其是在看着姐姐捧读我的文字而热泪盈眶，悲泣不止的时候，我真的为我的文字和我自己而感动了。是的，我不禁为自己的文字所达到的那种感人境界而感动，也为自己对文字的那份真情和执著而感动。或许您会说这样的感动只是一种自我欣赏，自我陶醉。它或许是一种孤独者的精神境界，但是却不失为一种真善美的境界，其实这也是一种情感的飞跃，一种精神的升华，一种温馨，一种愉悦，一种情怀。

我为我感动，我为我伤悲，我为我陶醉。只要你还有一颗易感易动的心，只要你热爱生活，珍惜人生，随着时间的推移，你便会渐渐地发现，生活中你不仅能够自己感动自己，而且也能够感动他人和为他人而感动。完成了这个轮回，你将会发现其实你并不单纯，并不孤独。其实这个世界原来真的很美，其实你自己也很美。这种美美得飘逸，美得清纯，美得炫目和高贵。

「才女」兼赌徒

熟悉我的人都知道，我平生有两大嗜好：一是写作，二是赌博。当然这种赌博也只是一种简单的赌戏，玩玩麻将而已（一二四的那种）。在我的心中文字就是我的另一副麻将。庸庸碌碌的我一直执著地码着文字和麻将这两道长城，孜孜不倦、乐此不疲。我曾经在网上看过这样一篇文章《李清照：第一才女兼赌徒》。说的是古今第一才女李清照也是古今第一女赌徒。我虽然没有李清照那种光耀千古的才华，但在一定范围之内，也有"才女"之称；我虽然不具备李清照那样出类拔萃的赌技，但却完全可以归类于女赌徒之列。

我是一个生活很有规律之人，除了过年过节，平时只有在做生意空暇之际，才到麻将馆过过赌瘾。然而不管赌瘾多大，每天晚上我都会雷打不动地坐在电脑前圆着我的文学梦（读读写写直到深夜）。夫君知道我好赌，有时就建议我晚上去玩，可我始终坚持不去。由此可见，在文学和赌博之间，我心中的天平还是偏向文学的。所幸的是，对我的这两大嗜好，夫君都很支持。因为我从不会为这两种嗜好，而耽误打理生意和照顾他的饮食起居。

就连负责我们小区的邮递员都知道，我是小区麻将馆里的常客，便经常把样刊和稿费单子送到麻将馆里。于是，我便经常在麻将桌上签稿费单子；也经常在麻将声声中接到编辑用稿和建议改稿的电话。我想，这种情景在我们小区里也是绝无仅有的，在衡水也一定是独一无二的吧？！由此我也经常联想到一手打麻将，一手给报社赶稿子的著名作家张恨水。也许有人会问，你既要打理生意，又要经营文字，还要照顾家人，你不累吗？当然累！身体素质并不是很好的我，在电脑桌前恶心，在麻将桌上晕眩是常有的事。可累着，并快乐着，岂不也是一种美好的人生境界吗？我常常这样想，其实生活就是白开水，要想体会那种五味俱全的滋味，必须得我们自己去调剂。加糖、加咖啡是我们自己的事。因此，我才会喜欢这有滋有味的人生。

说我是个大俗大雅之人，却不尽然。因为，俗，我还没有俗到低俗的程度；雅，我也没有雅到高雅的地步。也就是说，我俗也没有俗得淋漓尽致，雅也没有雅得痛快淋漓。写文章，能写就写，能发则发，不发也无所谓；打麻输就输，赢就赢，输赢我都不在乎。有道是无为而治，别人一篇文章投四十多次，或一年向一家刊物投一百多次，不发才肯放弃。而我一篇文章最多也只投一两次而已，如不能发我就把它扔进我的文字垃圾箱里（博客），可我发表的作品也并不算少；打麻将我从不臭人，也不截人。可是赢的时候多，输的时候少。用别人的话说就是，我打麻将不走牌道。殊不知这叫无招胜有招。我曾经创造过两个小时就把人家百元大钞据为己有的"光辉"历史，也常令小区里的许多赌徒望而生畏。

电脑桌的抽屉里有一个笔记本，笔记本上记着两笔账。一笔是我的稿费账；一笔是我的赌博账。日复一日，年复一年，稿费收入有增无减；而赌账，却在进进出出，患得患失之间——就像我的人生一样，起起伏伏，得意失意，悲欢离合，喜忧参半！请不要嘲笑我的庸俗，因为我还不具备为自己打造一个完美人生的智慧和能力。我虽是弱者，但自尊心和进取心还是有的；我虽是俗人，但自知之明还是有的。既然无法使自己的人生尽善尽美，那么就顺其自然地把它推向那种残缺美和朦胧美的境界之中吧。

我是人，不是仙，七情六欲我都有，生活中的一切诱惑，我都无法抗拒。我既不能卓绝，也不愿低俗，做个中庸之人有何不可？既然不能伟大，那就甘愿渺小吧！我甘愿这样自自然然、平平庸庸地生活着。浩瀚人海我为一粟，苍茫大地我为尘埃。当我如纤尘一般舞过滚滚红尘，倘若还能有几篇好文流传于世，还能有一种精神去辉耀子孙，我便足矣！

托起一篇雪花

今天清晨，望着满天蹀躞飞舞的雪花，我仍然欣喜不已，浮想联翩。雪总是太美，让人遐想，让人爱怜。它如梦、如幻、如诗、如画。它是冬季的鲜花，是自然的奇葩、是人间的天使，是造物的精华。我爱冬天，也爱冬天的雪花。因为，作为龙江儿女，雪花毕竟伴着我长大，也缤纷了我的记忆，装饰了我的旧梦。

我爱它，爱它的晶莹、高雅、洁白、无暇。它让我懂得，爱就是一种感动、一种怀念、一种等待和牵挂；它让我明白，爱就要付出苦涩的相思，就要付出真情和守望——就要把心托付给远方；它让我知道，在这个世上终于有了我的等待，那是因为它的存在。它令我欣慰，尽管它在我的生活中依稀缥缈，却能够在我的记忆中清晰纯美。

我站在滚滚的红尘中与苍茫天空遥遥相望，我知道，你一定会来赴我的心灵之约。如果，有一种呼唤，可以超越爱的天空，我确信它能把你震颤。尽管，那些苦涩的相思有些忧伤，可它已经成为了我的一瓣心香——美丽而芬芳；也是我温馨的旧梦，永余暗香。

坐在时光的深处，我愿意把你等待，愿意把爱坚守。愿意在许许多多灰暗无雪的冬季，深情地把你呼唤，窃窃地与你心语。这是一种心灵的盛宴，也是我幸福的夙愿，尽管这种幸福，有时近在咫尺，有时远在天边。

我站在今天的雪花里，用心轻吻这朵朵洁白的玫瑰；用心去感受你的无瑕和纯美。我明白，爱就是一种等待和坚守。如果，我能在这种美丽的坚守中得到你心灵的抚慰，得到你温暖的心语，又夫复何求？

如今，我终于与你再次相见；我终于可以与你执手相看泪眼；我终于可以与你一起翩翩起舞，轻拨心灵的琴弦，合奏一曲高山流水的诗篇。这弦音悠扬婉转，缱绻幽幽，滑过千年，万年；滑过那漫长的相思之路，留下一路诗意浓郁的芳菲，让我一醉经年。

倘若可以，我真想轻轻地托起一片雪花，用它来映耀我的明眸，用它来装饰我的梦幻，用它来诗意我的年华。是的，我好想托起一片晶莹洁白的雪花，并祈求它不要融化，用它来表达我的思念，让它来伴随我的生涯。托起了一片雪花，我就仿佛已经看见了伊——它的洁白纯美了我对伊的情感，它的莹洁折射着伊的笑脸；托起了一片雪花，就如同托起一篇篇相思的素笺——它将在岁月里无限缠绵，清芬悠远！

又是天凉好个秋

又是天凉好个秋！有谁能阻止岁月的流逝与四季更迭呢，我不能你不能，天地亦不能。尽管我们是多么的希望青春永驻、韶华长留。然而，这只是我们一个虚妄的梦想而已。其实匆匆流逝的时光带走了我们的青春，也给我们带来许多美好的感受。难道不是吗？作为世人有谁没有感受过冬的寒冷、春的温暖、夏的火热、秋的凉爽呢？有谁不喜欢冬的深沉、春的明媚、夏的绚丽、秋的丰美呢？我们与红尘有约，四季与我们有缘。缘来缘去中，我们又送走了一个缤纷绚丽的夏，迎来了一个丰硕静美的秋。当秋天带着丰收的芳香，带着成熟的韵味，带着甜美的清爽，向我们款款走来的时候，我们又怎能不为之陶醉为之倾倒呢？是的，我会醉的，这种醉醉得情不自禁，醉得忘乎所以，醉得富足美丽。

又是天凉个秋！我知道在我与这个凉爽的金秋热烈相拥的同时，我将会迎来许许多多值得珍存的美好景象。我会在金秋的原野上看见那些幸福收获的人们，同时也能捕捉到他们甜蜜的笑容——他们脸上挂着的微笑，就似汗水浇灌的花，就似勤劳酿成的酒。他们收获的是丰收的硕果，也收获着生命的希望和幸福的生活，我也会在饭后散步的时候，看见三三两两的妇女坐在门前掰棉桃的情景。她们一边掰着棉桃，一边话着家常。那种嘴不停手不闲的样子，会给人以一种难以名状的温馨和惬意。她们手中的那些洁白柔软的棉团，仿佛就是一片片瑞雪、一朵朵白云、一缕缕温暖的人间情怀。她们不仅仅是在采摘棉桃，而且也是在采摘着自己用汗水换来的果实、用勤劳酿造的日子……

又是天凉好个秋！在我看来，辛弃疾词里所写的"而今识尽愁滋味，欲说还休，欲说还休，却道天凉好个秋"，未免有些悲观凄凉了。不过在当时的那种山河破碎、报国无门情况下，能写出这种直抒胸臆的词句也是无可厚非的。"自古逢秋多寂寥，我言秋日胜春朝……"其实我最欣赏的还是这首诗。在我的心里，秋天一点也不比春天逊色。是的，我喜欢秋花的灿烂、秋叶的静美、秋风的凉、秋霜的晶莹、秋月的明朗、秋雁的翩舞、秋虫的欢唱……喜欢秋天所赋予我们的一切美好景象，秋季不仅给我们带来一幅幅诗韵浓浓的画卷，也给我们带来了无限的遐思和梦想。

又是天凉好个秋！此秋非彼秋，我不知道，斯生斯世我将会拥抱多少个金秋。但我却知道，今年这个金秋，将会是一个与众不同的秋，也将是一个令人终生难忘的秋。因为，在这个金色的秋天——在这个春华秋实的幸福日子里，我们将迎来新中国诞辰周年的美好时光。六十年的峥嵘岁月，六十年的风雨沧桑。我们的祖国母亲已经携着她五十六个民族的儿女走过一个又一个耕耘收获的金秋，也创造了一个又一个的灿烂与辉煌。每一个民族的成长，都有祖国母亲辛勤和温情的滋养；每一个民族的辉煌，都将支撑起祖国母亲的辉煌。怎能忘，我们与伟大祖国共同成长，一起走过的那些光辉岁月？怎能忘，祖国母亲在那些坎坷里程中，所承受的磨难与创伤？更难忘，我们伟大祖国今天的繁荣与富强。十月金秋，国庆佳节，举国沸腾，世人景仰。我们将迎来一个激动人心的时刻，一段最幸福的时光。我们伟大的祖国母亲，也将在这个金色的秋天里，带着她的儿女奔向一个崭新的时代——去迎接一个又一个的灿烂与辉煌！

十五，那一捧圆月

宇宙洪荒，天地苍茫。大千世界，人间万象，而却我独爱月亮。天上的那轮或缺或圆，或阴或晴的月亮，总是能给我带来一种美好的憧憬和无限的遐想。这种浓厚的兴趣和微妙的情感一直伴随着我快乐地成长，也将永远地温馨点缀着我生命的时光。喜欢月亮的皎洁，喜欢月华的爽朗，喜欢月辉的氤氲，喜欢月光的清亮。每当月亮升起的时候，它都能吸引我深情的目光，并为我插上一双想象的翅膀。这些想象既大胆又无限，且陶醉也痴狂！

爱月亮，爱天涯海角的月亮，更爱家乡的月亮。海月明，山月朗，草原的月圆润，戈壁的月凄凉，唯独我这家乡的月亮又鲜又嫩，又明又亮。月是故乡明，在我的心中，家乡那个没有工业污染的小县城里，即便天上的月亮也会比其他的地方明亮。小的时候有许许多多望月赏月的经历，尤其是在八月十五日的晚上。也听大人们讲过许多有关月亮的故事，也曾被这些故事丰富了我那些天真而幼稚的想象。时常在中秋夜，望着天上那轮渐渐升起的月亮，想象着月宫中寂寞嫦娥的模样，伐桂吴刚的景象。甚至于想象着自己已经飞到月亮之上，与嫦娥一样凭栏遥望着人间的锦绣风光！

爱月亮，爱一年四季的月亮，更爱各种形态的月亮。无论是新月、残月、圆月、明月、雾月、冷月、寒月……都能使我的心情莫名地激动，让我的思绪尽情的飞扬。月亮的皎洁明朗，会使我的心胸变得博大宽广；月亮的恬淡静美，会使我心怀变得宁静安详；月亮的暗淡朦胧，会使我的心情变得抑郁惆怅。无论什么样形态的月亮都能赋予我一种遥遥无及的沉醉与痴狂，憧憬和向往。我的心会跟随着月亮的形态而由阴晴变得明朗，我的情也会伴随着月亮的情态而抑郁欢畅。对于我来说，月亮的各种姿态都是那么的温馨美好，可掬可赏。就像我们人一样，它有着丰富感情和深刻的思想。

爱月亮，爱古今中外的月亮，更爱诗人诗章里的月亮。李白的月飘逸轻狂；杜甫的月愁苦忧伤；苏轼的月豪情飞扬；王维的月空灵清爽。是的，这一轮亘古如一的月亮，始终赋予着我们诗人的灵感，撞击着我们文人的情怀，平添着我们旅人的愁思，浓重着我们离人的忧伤。"今人不见古时月，今月曾经照古人。"我不知道还有多少诗人，写过多少有关月亮的篇章流传于这个世上，可我知道这些爱月、惜月、赏月的人们都曾经和我一样，在某个月亮升起的时候，深情地凝视着月亮，尽情地发挥着想象，让自己的情怀飘逸，使自己的情思飞扬。不管他们离我有多么的遥远，无论他们让我多么的神往，可是一想到我们欣赏着的是同一个月亮，沐浴着的是同一种月光，我的心就会为之而温馨，我的情也为之而欢畅。

爱月亮，爱家乡的月亮，也爱他乡的月亮。如今我已经远离家乡，但这丝毫不会影响我对月亮的喜欢和欣赏。尤其是八月十五的晚上，赏月圆月，就是我最大的渴望。按照婆婆的规矩，每逢中秋之夜，我们都要把月饼水果摆在桌上，全家人围在一起圆月赏月，共同度过一个幸福团圆的时光。圆月的时候她会让大家对着月亮许个心愿，请求月亮保佑自己幸福平安，福寿绵长。我也喜欢在中秋的晚上，默默地体会着那种等待着月亮渐渐升起时的沉醉和痴狂。

当夜幕降临之后，你会看见天边有几朵白云在轻轻地徜徉。慢慢地那云雾朦胧的天际渐渐地泛白，泛亮。渐渐地，你会发现在薄雾、星光之处，露出一抹皎洁明亮的光。云儿惊羡了，含羞带涩，星星嫉妒了，阴沉了脸庞。那初生的月牙儿就像嫩荷尖尖的角儿，亭亭玉立在春天的荷塘。它使劲的地伸着腰儿，显得是那么的坚强倔强。月牙儿渐肥渐大，最后纵情地跃出地面，跃成一轮滚圆滚圆的月亮。那鲜嫩皎洁的月光顿时一泄万丈，它不可遏制地铺过来了、漫过来了、润过来了、沐过来了……沐浴你的身体，吻上你的脸庞。它会给你带来一种银一般的装饰，乳一样的滋养。于是，在这个万家团圆的中秋之夜，你就可以尽情地感受着那种身浴万丈月光的沉醉，手捧一轮圆月的痴狂！

梦笔生花

　　每个人的一生都有许许多多的梦想，但凡梦想都是美好的、绮丽的。无论它是否能够实现，它在我们的心目中也永远都是那么的富有魅力，并时刻焕发着灿烂而夺目的光芒。它不仅能丰富你的生活，点缀你的记忆，而且让你对生活充满了信心和力量。尽管有的梦想完全属于那种不切合实际的幻想和妄想，但它仍然会使我们如痴似狂。梦想是激励着我们前进的动力，并能愉悦我们的身心，伴随着我们幸福地生活，快乐地成长。梦想也会伴随着我们年龄的成长和生活条件的转变而不断地更新转变的。有时候甚至于转变得很快，快得连我们自己都不敢想象。

　　很小的时候，看过电影《七仙女下凡》以后，我就无数次产生过那种有朝一日自己能变成一个仙女的梦想。甚至于经常能够梦到自己已经变成了一个美丽的仙女，飞舞在云海蓝天上，尽情地享受着作为一名仙女的轻松和自在，活泼与欢畅。随着年龄的不断增加，我才明白这一美好的梦想，也只不过是我的一个懵懂无知天真可笑的幻想而已。尽管这个幻想十分的荒唐，但它温馨了我童年的旧梦，绮丽了我成长的时光。

　　上学后，看到站在讲台上的那些"万子成龙责任重，一鞭风雨也从容"的老师们，就钦佩他们那种通古博今的学识与渊博，羡慕他们的那种桃李遍天下的幸福与荣光。我便经常产生那种"长大后，我就成了你"的幻想和梦想。可是后来我才渐渐地发现，我的这个梦想仍然是一个不切合实际的痴心妄想。事实证明，无论是我这笨嘴拙舌的条件，还是我这腼腆羞涩的性格，都是不允许我成为一名有气度、有修养的人民教师的。尽管这个梦想依然那么的荒诞可笑，当它却丰富了我的青葱岁月，点缀了我的少年时光。

如今迷上了文学，喜欢上了写字。我又无数次地产生了能像作家三毛、张爱玲，或是唐朝大诗人李白、南宋词人李清照……这些在中国文学史上享有崇高声誉的文学家们的那种文笔飘香、流芳千古的梦想。

是的，我真的好羡慕这些文学家们的文笔和才情；真的希望有朝一日自己的文学水平也能够达到他们的那种修养和境界。尽管我知道我的这种梦笔生花的幻想，其实就和我以往所拥有的那些梦想一样——虚无缥缈和遥不可及。但是，我还是抑制不住自己去拥抱这个梦想。

有时候我在想，这些虚妄的梦想虽然荒诞离奇，幼稚可笑，但它让我对未来充满了信心和勇气，对生活充满了热情和向往。它能让我拥有一个青春不老的心，能使我从一次一次的在失望中重生，并使我对生活充满了信心和希望！其实人生就应该拥有梦想，因为有梦的日子真的好甜，好香！

绿瘦红肥好个秋

绿瘦红肥好个秋！秋像一个风姿绰约雍容华贵的少妇，又像一个美丽成熟风情万种的倩女。不经意间，它便带着灿然的笑容于远方款款而来，从你身边盈盈而过，又头也不回地姗姗而去。任凭你深情眷恋的目光，一路追随直至目力所不能及的远方，最后和地平线牢牢地焊在一起。是的，秋是多情的也是无情的，无论你对它有多么的喜欢，不管你对它有多么的留恋，它也不会为你而停留，更不会为你而回眸。

尽管如此，我还是深爱着秋，也相信人们都深爱着秋。因为，秋天终归是个多情而美丽的季节，它走过了春的天真，历经了夏的浮躁，如今已经归于宁静，变得深沉和成熟。比春多了几分成熟的妩媚，比夏平添了一份宁静的风韵。

既不失春的灿烂，亦倍增夏的浪漫。秋是农民丰收的喜悦，秋是游子漂泊的离愁，秋是归雁展翅的情怀，秋是流水延宕的惆怅，秋是落叶飘零的静美；秋是自然成熟的象征，秋是四季丰美的凝练，秋是人间淡雅的风情，秋是你我深情的眷念。

秋不但能撞开文人的情怀，更能激发诗人的才思。秋不仅能增添离人的乡愁，亦能诱发游客远足的欲望。秋时常能引发空闺怨妇的相思情怀，还能平添深闺红颜的薄命哀怨。秋怀旷达，秋思撩人，秋愁浓郁。秋总是能让那些多愁善感的才子佳人们平添许多缤纷的思绪，浪漫的情怀。不管是绿瘦红肥也好，红稀香少也罢。总之，秋天总是使人情思纷扰，才思缤纷。

人们往往都喜欢早秋的舒爽、灿烂和丰美。深爱中秋的凉爽、祥和和静美。排斥深秋的苍凉、萧瑟和凄美。由杜牧的一首《早秋客舍》"风吹一片叶，万物已惊秋。独夜他乡泪，年年为客愁……"，我们可以领略到"早秋惊落叶，飘零是客心"的一种漂泊落寞的思乡情怀。由李白的一首描写中秋的诗句《静夜思》"床前明月光，疑是地上霜。举头望明月……"，我们可以领略到"每逢佳节倍思亲"的孤独寂寞的思乡情怀。由马致远《天净沙秋思》"枯藤老树昏鸦，小桥流水人家，古道西风瘦马。……"我们更可以领略到一种漂泊羁旅、悲绪四溢的游子思归之情怀。也就是说秋的苍凉和萧瑟，总能给人带来无限的乡愁和感伤。

因此上，我在深爱着秋的美丽和富饶、深沉与凝重的同时，更为秋天给天涯游子们所带来的那种凄楚、悲怆，彷徨、无助的内心世界，而感到悲哀和无奈。秋愁、秋悲、秋怨、秋恨！这些黯然落寞之情怀，无不把一个美好的秋季，给变得冷寂，悲凉，萧杀了起来。自然有四季，人生有春秋。既然我们谁也不能拒绝，自然之秋和人生之秋的拥抱，那么，我们何不以另一种情怀来看待秋呢？更喜欢刘禹锡的这首诗"自古逢秋多寂寥，我言秋日胜春朝。晴空一鹤排云上……"，诗人从秋天看到了春天，看到了未来和希望。不管怎么说，秋都是一个丰富多彩的季节，它不但给我们带来丰收的喜悦和幸福，也给我们带来了无限的憧憬和希望。

"万山红遍层林尽染，绿瘦红肥好个秋！""荷尽已无擎雨盖，菊残犹有傲霜枝。""一年好景君须记，最是橙黄橘绿时。"爱秋吧，朋友！让我们在秋的况味里，细细地体会着它的韵味之丰富，意境之幽远吧。相信终有一刻，你会豁然发现，只有秋才是人间最丰美的盛筵，它会让你刻骨铭心，一醉万年！

惹来三千烦恼丝

每天，每天，它们都从我的头上落下。

每天，每天，我都看着它们从我的头上落下。

啊！我的青丝、我的秀发。你伴着我出生，伴着我长大；伴着我年年岁岁，伴着我海角天涯。你是我人生的忠实伴侣，你是我生命里程的一道彩霞。也许有一天岁月会让你失光易色，疾病会让你纷纷落下。你也将是我心目中最美丽的风景、最动人的图画。

有时候我好爱你，身体发肤受之父母，我在爱着我生命的同时又怎能不深深地爱着你。我爱你的柔顺，爱你的飘逸，爱你的黑亮，爱你的秀丽。爱你的浓浓密密，爱你的丝丝缕缕。我爱你，是因为能为我锁定许多艳羡眸子，你能为我获取别人的赞许，你也能为我赢得爱人的怜惜。柔顺、飘逸、黑亮、秀丽、浓密的你，不但增添了我女性的魅力、生命的活力，而且为我增添许多生活的信心和前进的勇气。无论是玉貌绮年还是枯骨荒丘你都将会对我一往情深，不离不弃。今生今世能与我荣辱与共、生死相依者恐怕只有一个你了。

有时候我又好烦你。"满头青丝发，三千烦恼丝。"的确如此，记得你带给我的最初烦恼那还是上小学时候的事。那时候，家里的孩子多，妈妈没有时间帮我们梳理头发。我们只能剪那种当时流行的学生头，那种发型梳理、梳洗起来不但省时省力；并且也很适合我的脸型。可是不知道为什么，在我幼小的心里却对别人那一头飘逸的长发情有独钟。最羡慕还是姑姑家二姐的那一头柔柔亮亮的秀发，每次她来我们家小住时，每当她梳理她那头乌黑浓密的长发时，我都会目不转睛地凝视着，看她那长长的乌发瀑布般地在她那纤纤的十指间无声地流泻着，那种柔滑舒畅的感觉犹如人浴春风，手抚垂柳，给人以一种极温馨、极恬美的享受。也在无形之中增添了女子的温柔和妩媚、纯净的优雅，让拥有那一头秀发的人显得更加的灵秀动人。在欣赏她的同时，也为自己不能拥有这样的一头美丽动人的秀发而烦恼着。

随着年龄的增长，随着自己已经具备梳理长发的能力，我就按照自己的意愿留起了长发。慢慢地，自己终于如愿以偿地拥有了一头长长的秀发。可是它又给我带来了新的烦恼。且不说每次在梳理和清洗它们的时候浪费的时间和精力，单说那时候我那两条长长的辫子，不知道什么原因，不知道从何时起，却成了我后桌男生欣赏把玩的对象。那个调皮的男生时常在我不经意的时候，把我的辫子系在椅子的靠背上，或在我的辫子上插上什么花草之类的东西。每次被我发现他总是讪讪一笑——不了了之。有一次我实在气急，向老师告发了他的行为，他却理直气壮的为自己辩解道："谁让她留那么长的辫子了呢？"好像我留那么长的辫子，就理所当然地成为了他的玩物。弄得老师和同学们都哄笑不止，我也是啼笑皆非。时光暗转，岁月飞逝，屈指一数那已经是二十多年前的事情了，可是我那两条心爱的辫子所给我带来的意外烦恼和那个顽皮的男生却永远鲜活地存在于我的记忆里。

头发给我带来的烦恼还不仅如此，还有每天我都要为梳什么样的发型而烦恼。是让我的长发自然披散着，还是把它高高地盘起？是把它染成其他的颜色，还是把它烫得弯弯曲曲，我一直无法确定什么样的发型，什么颜色的头发才真正地适合自己，才能让我更具特色，更显魅力。面对当今社会上层出不穷、光怪陆离的流行发式，我也只能欣赏好奇，却从不敢轻而易举地去尝试。

头发给我带来的最大烦恼还是它的脱落。除了每天梳理头发时在固定的地点必须脱落和清理那些头发以外，我还会在我家里的其他地方，比如床上、地板上，沙发上……随时发现我无意中脱落的头发。它不但让我感到清理起来很麻烦、很厌倦，也带给了我许多纷乱的思绪，无言的惆怅。我时常在想，这许许多多脱落的旧发是否就代表我那许许多多流逝的岁月和失去的烦恼呢？如果是，那么我那许许多多再生的新发就一定代表我未来的岁月和新添的烦恼了。新发旧发、新烦旧怨在我的有限的生涯里来来去去、更换循环，年年岁岁、岁岁年年。

"无端坠入红尘中，惹来三千烦恼丝。"按理说，一头秀丽、轻柔的头发是不应该和烦恼联系在一起的。可是古往今来人们无不这样联系、这样认为。头发就是烦恼的根源，头发就是烦恼的象征。就连出家修行都得削发剃度，好像只有剃掉头发才能远离烦恼，超脱红尘。细想起来这样的联系也不无道理。什么是烦恼？烦恼就是人生一些虚妄的欲望——也就是人的七情六欲。说白了，人的欲望和责任，就是烦恼的根源，就像人的头发一样它是与生俱来的，是不可推卸的。头发是旧发落了就生新发，烦恼也是旧烦去了又生新烦。责任亦是卸下旧的自然又会有新的需要我们去承担。欲望不息，烦恼不止。头发的再生和脱落是一种新陈代谢的过程，而人的烦恼与责任的消失和再生岂不也是一种新陈代谢的过程吗？出家的目的就是抛弃情欲、摆脱烦恼、推卸责任，远离红尘。所以削发剃度也象征着一种解脱烦恼的皈依佛门的决心，而抵达一种远离红尘的超然境界。人生的道路漫长而修远，人的责任亦是沉重而无限。人的烦恼也如头发一样纷繁而众多，剪不断理还乱。可是古往今来真正能够看破红尘、超凡脱俗、万缘随心、宁静淡泊，无欲无求的人又有几个呢？又有几个人能够真正地摆脱得了这人世间的是非恩怨、爱恨情愁呢？我不能，你能吗？

　　每天，每天，它们都从我的头上落下。

　　每天，每天，我都看着它们从我的头上落下。

　　每天，每天，我都感叹它们的落下。

无怨无悔我的爱

朋友送了我三只乌龟，我欢天喜地地把它们捧回了家中，精心地饲养了起来。并给它们分别起了个名字：大的叫大胖，中的叫二美，小的叫三贝。大胖高贵端庄，二美娴静优雅，三贝娇小妩媚。

两个儿子不在身边，夫君也时常不在家。寂寞的时候我就和它们聊天说话，看它们捕食玩耍。还经常地给它们洗洗澡，陪它们晒晒太阳。就这样，时间久了它们一看见我就会不约而同地把头伸出水面，深情地注视着我，似乎在欢迎着我，呼唤着我，好像有无限的情怀要对我表达。这时候，我就会情不自禁地走近它们，把它们从水中捞出来和它们一一亲近一下。毫无疑问，我已经不由自主地爱上它们了，当然我深信它们也一定爱上我了。草木皆有情，更何况人和动物呢？如果说人和人之间的爱是高尚美好的，那么人和动物之间的爱就一定是纯真无瑕的。

人的一生是爱的一生，人活到老做到老，学到老，也爱到老。七情六欲，百味人生，而爱才是人生的真性情，真况味。我们在滚滚不尽的岁月淘洗下体会到了此中的人生真味，并甘愿为之付出，为之陶醉。

而爱的美妙之处就是在于它的伟大无私——无怨无悔。真正的爱是无私的，它是一种绝对的奉献和付出，是不思回报不求获取的。亦如我对夫君和孩子的爱，无论爱的表达方式正确与否（两个儿子险些让我惯成匪类）。但是我确信那都是真心真意的，是全力以赴的，更是不求回报的。

漫漫人生路，我们可以去爱许多的人，付出许多的爱，同时也可以拥有许多的爱，赢得许多的爱。爱是人的天性，爱是人的本能，没有一个人能不去爱亦或是拒绝被爱。去爱是伟大的，被爱是幸福的。爱是生命的源泉，爱是人生的雨露。爱能让你变得坚强、丰富和深刻也可以让你变得快乐、充实和富有

爱人者人衡爱之，只要你去爱就一定能得到爱。无论你爱着的是亲人、友人、动物还是花草。相信在你去爱着的同时也会感到被爱的幸福。爱的最大魅力就是使我们人人都甘愿为它倾倒为它沉醉。爱是冷酷的，也是仁慈的，它既能让我们得到许多，也会让我们丧失许多。水能载舟，也能覆舟。爱能使你崛起，也能把你沉沦。因此上，清醒地去爱、理智地去爱才是爱的原则。

生而有涯，爱亦有限。所以我们都应该做一个敢爱敢恨的人，真诚地去爱，执著地去爱。爱就爱它个轰轰烈烈，爱就爱它个无怨无悔——绝不辜负在这瑰玮的人世走一遭，使自己在为生命画上句号的时候，毫无遗憾地说：永别了世界！永别了我的爱！愿爱与世界同在！

朋友！今天你爱了吗？你爱得可真？爱得可痴？

在寂寥中永生

记得散文家苇岸曾经说过："作家应该是文字的母亲，她熟悉她所有的儿女，他们每个人的技能和特长。当她坐在案前感到孤单，只要轻轻呼唤，孩子们就会从四面八方赶来，簇拥在她身边。"

之所以喜欢这段文字，是因为它道出了我的真情实感。我不敢自称作家，但对热爱文学、喜欢写字的我来说，我就像一个孤单寂寞的母亲。我喜欢在寂寞中呼儿唤女（文字）地享受天伦之乐。我又是一个自私霸道的母亲，因为，我总是想随心所欲地操纵和驾驭我的儿女们，让他们与我共同塑造一道寂寥而美丽的风景，并希望那些与我一样寂寥的人们来欣赏和分享。

不错，文学作品是寂寞的吟啸，是孤独的产物。当作家的前提，必需甘愿寂寞。在寂寞中净化出一颗淡泊宁静的心灵；在淡泊宁静中写出一些恬淡自若的文字。也就是说，作家就得有闹中取静，耐得住寂寞的本领。一个心浮气躁的人，是永远写不出深刻隽永的文字的。

然而，明明知道这个道理，但许许多多的时候我却无法让自己静下心来，走进寂寞，在寂寞中呼儿唤女（文字）、享受天伦之乐。从老家回来后，大儿子归队，二儿子也参加了工作。家里顿时清净了下来，可我的心却无法宁静，抑或是因为一段虚无缥缈的情感或一个不可预知的未来，始终也无法使自己进入一个良好的写作状态。除了写几篇难登大雅之堂的散文，就是写了一些无病呻吟的烂诗。寂寞的时候，也不想招惹这那些儿女（文字）。不是在网上看电视剧，就是打麻将、闲逛。有时候我想我真的是完了，在通往文学的道路上我只能半途而废，望洋兴叹了。

四月十二号，从正定采风归来后，写完了三篇采风散记。不经意间竟被网上那个湖南人民出版社《都市心情书系流行吧系列》的征文而吸引了，抱着试试看的态度投了三篇旧作，没想到就被留用了两篇，这使我深受鼓舞。于是，我就按照征文的要求，一篇篇地写，一口气写了十五篇小小说，除了有两篇被退稿，其他的都被留用。

除了这十五篇小小说，《中国当代微型小说方阵河北卷》也发表了我三篇小小说，《我为房狂》也发了两篇小小说，《中国文学》也发表了一篇。也就是说，上个月我共发表了二十一篇小小说。

按每篇稿子一百元计算（都市系列千字七十，我为房狂每篇一百，河北卷每篇五十），上个月我就能赚二千多元钱的稿费。写小小说一个月能赚这么多的稿费，在小小说圈子里已经是不容易的了。这也是我写作史上前所未有的事情，为此我也非常高兴。其实对我最有诱惑力的莫过于那即将到手的十几本小小说书籍，在此我由衷地感谢这些刊物的编辑老师们。

这会儿细想想四月份，除了写一些随笔和散文，就写了十七篇的小小说（征文之前还写过两篇）。有的人一年也写不了这些，许多人都说我是高产作家。为此我不得不承认自己对文学的热爱，几乎到了一种疯狂的程度了。尽管，在追求文学的道路上，我遭受过许多挫折，留下过很多创伤，可我对文学的痴迷始终不改。

去年满怀希望地报了省作协会员，但今年却没有批下来。这不能不使我感到失落和挫败。可细一思量，郑渊洁都退出了中国作协，我又何必为进不了省作协而伤感呢？写得好不好不在于参加了什么组织。写作如果只为了追求浮名虚利，那我宁可不写。

其实扪心自问，我的写作年龄和成绩并不比同批的人差多少，所差的就是还缺少一本个人文集。说心里话，当作家是我的梦，出书更是我的梦中之梦。做梦都想出书。对于一个热爱写作的人来说，出书也是我最大的理想，但让出版社出书才是我最终的目的。我绝不自费出书，绝不！（好在这样的机会马上就有）不自费出书，并不是因为我没有这个经济条件（每年的稿费就足够了）。是因为我觉得自费出书，就说明你还没有那么大的知名度。如果没有名气，即使是出了书也是一堆没人欣赏的垃圾和废物，我不想让一堆售不出去的书来给自己添堵。有那些挖空心思到处赠书，售书的时间，我还不如在这里静静地享受我的天伦之乐呢。

写作是寂寞者的事业，我虽然性格内向，甘于寂寞，却也有心浮气躁的时候。我是人，不是仙。俗世凡人的缺点我都有，也虚荣，也自恋，也希望自己能得到更多人的赏识。明明知道要想成为一个真正的文学家，必须具备良好的心态，把自己塑造成一道寂寥的风景，让你深爱着的儿女们（文字）在这道风景中更加的美丽隽永。可我却总也不能。

和所有的小女人一样，有了成绩我也骄傲，有了好事我也忘乎所以。五一节的那天，一下就接到了两张稿费单子（《语文导报》八十，《百花园》二百四）还接到了当《小小说大世界》签约作家的通知。于是，我就把自己打扮得花枝招展的，决定出去好好潇洒潇洒，没想到却差点出了车祸，也许这就是乐极生悲的结果。想想这人啊还是甘于寂寞的好，至少寂寞独处的时候，你会更加的安全。

是的，我要努力把自己塑造成一道寂寥的风景，不是在寂寥中灭亡，就是在寂寥中永生！

做个有尊严的人

在店里打理生意的时候，经常遇到这种事情。许多沿街乞讨的人们，会三番五次地出现你的门前。当同样的面孔，却以不同的名义向你索要小钱的时候，这不能不让你感到滑稽可笑。尤其是面对那些四肢健全、年富力强的乞丐们，又怎能不让你感到厌恶和不屑呢？因为他们完全有能力靠自己的双手养活自己，可他们却甘愿做一个没有尊严的乞丐——卑躬屈膝、低声下气地活着。

今天中午亦是如此，当一个以前来过好几次的"乞丐"，又一次站在我的门前时，不由得让我产生了一种自己的善良和同情心已经被别人拿去当儿戏了的感觉。这种感觉丝毫不亚于被人践踏和羞辱。就在我拿不定主意是否再给他钱的时候，只见隔壁门市的那个老板走过来对我说，别给他，咱们都不给，这样的人太不招人可怜了。你说你有手有脚的干点嘛不好，非得到处骗钱？你再不走我可让人打你了……就是吗，一个大男人，伸手就管别人要钱，也太让人瞧不起了吧……听了他的话，许多人都围了过来，纷纷地附和着。于是，那个蓬头垢面的"乞丐"，便在人们的指责和鄙视中仓皇地离去了。

望着他那远去的背影，我不禁悲哀地想，唉！一个连人格与尊严都弃之不顾的人，又有何资格称之为人呢？这样的人真是妄为人也。我觉得这样的人不应称之为"乞丐"，简直就是骗子和无赖。他们这种无赖的行径，是遭人唾弃的，是令人发指的。人生在世，不求做轰轰烈烈、顶天立地的伟人，也应做一个自力更生、自食其力，有人格，有尊严的人。尊严是不容辱没，是值得我们一生一世去捍卫的。一个没有尊严的人，无异于行尸走肉；一个没有尊严的人，就等于失去了生存的意义和价值。这样的生存，其实就是浪费生命。生命对于我们只有一次，一去便不复返了。在这里我只想说的就是，人们啊，爱生命吧！爱生命所赋予我们的那些大无量的幸福和美好吧！

当我们以生命的形式存在于天地之间，这是何其幸运何其美好的事啊。对于生命我们没有任何理由不去热爱、不去珍惜！无论生活将带给我们多少挫折和磨难，我们都应该做一个有尊严的人。只有这样，我们才无愧于父母赋予我们的生命，才没辜负在这瑰丽的人世走过一遭！

拥抱美丽的人生

因为天气不好，一连数日没有出门。今天这种晴朗的天气和明媚的阳光，终于让我产生了一种出去转转的冲动和欲望。我骑着摩托车徜徉在爽爽的秋风中，灿灿的阳光下，一直与天空般阴沉抑郁的心情也变得轻松舒畅了。是的，这秋风的轻吻，阳光的拥抱，落叶的劲舞，鸿雁的欢叫……无不让我感受到世界的缤纷，生活的美好。

不错，世界如此美妙，生活如此美好。可性情内向安于寂寞的我，却一直冷漠地忽略它，刻意地回避它，拒绝它的悦纳和拥抱。这种浪费与挥霍亦如我曾经挥霍的童年与青春那样，丝毫没有一点惋惜和伤感。尽管它们是璀璨的是缤纷的，也是一去不复返的。常常觉得自己已经被生活遗忘，被世界遗弃。其实是自己在辜负生活，在逃避世界。人生是短暂的，它如同一片叶子，一朵小花，转眼就会飘零凋落。为此我也常常感到无奈和酸涩。正因为如此，我们才应该只争朝夕，才应该生活得更有意义，才更应该珍惜生活，拥抱生活。在每一个平凡的日子里寻觅自己生活的动力。

是啊，生活的阳光多么灿烂温暖呀，它蕴含着自然斑斓的色彩，散发着生命浓郁的芬芳。春天我们可以采撷野花，夏天我们可以享受绿荫，秋天我们可以坐爱枫林，冬天我们可以笑傲冰雪；清晨我们可以沐浴朝阳，夜晚我们可以静对皓月。闲时，我们可以饱览湖光山色，也可以欣赏雁字成行，夕阳如血。鲜花俏笑枝头，芳草萋萋原野，溪流淙淙，清泉甘冽。青山滴翠，白云飘浮。每一个季节，都飘动着芳菲、富含着诗意。每一个日子，都充满着新奇、蕴藏着价值。难道这不是美丽的人生？

告别童年的百花园，走过青春的芳草地，徘徊在中年的深山幽谷。我学会了思索，学会了冷漠——学会了宠辱不惊，望天上云卷云舒；去留无意，看门前花开花落。我明白平凡和满足就是幸福。也非常想做一个平凡而满足，快乐而充实的女人。尽管这颗心有时仍然会不安地躁动着——总想去做一些不能做到的事，总喜欢做一个虚无缥缈的梦，可到头来才发现这只是自己不切合实际的梦想罢了。

其实我并非没有深情地凝视过生活，冷静地思考过人生。可在我看来，生活就是一次坎坷的跋涉，人生就是一种艰苦的磨炼。说它美好，只是经历了坎坎坷坷、风风雨雨之后的一种苦涩的无奈和一种超拔的坦然而已。可尽管如此，我们谁也不能否认人生是美丽的——我们谁也不能否认，在经过漫长的黑夜之后，我们将会迎来一个如诗的黎明；在经受风风雨雨之后，我们会见到一道绚丽的长虹；在走过沟沟坎坎，踏遍万水千山，穿过重重峰峦后，我们会拥抱一个美丽的人生。

独自轻松地走在大街上，任飘忽的心思与眼前的道路一起无限地延伸。我想我今后绝不会再拒绝阳光的拥抱，再漠视煦风的亲吻。我会珍惜美丽的人生，拥抱美丽的人生——做一个平凡而充实的女人。默默地醉爱红尘，从容地走过世间。等到生命的尽头，回首往事无悔无憾！

第三辑

隽语滔滔

雾

路

    每年的这个时候，都是华北平原多雾的时节。于是，你就能够经常地体会到，那种晨雾缭绕，夜雾笼罩，雨雾迷离的朦胧和美丽、缥缈与神奇。晨雾中的世界，就像一个云雾缭绕、飘飘渺渺的人间仙境，它能让你产生一种似真似幻、如梦如仙的感觉；雨雾中的世界，就像一个烟雨迷茫、若隐若现的海市蜃楼，它会让你产生一种似有似无、迷迷离离的错觉；夜雾中的世界，就像一个虚拟诡秘、神奇莫测的魔鬼城堡，它会让你产生一种朦朦胧胧、混混沌沌的幻觉。

    今天早晨，望着窗外的晨雾，不禁让我想起今年春天的一次雾路之旅。那也是这样一个云雾迷濛的清晨，预备送孩子返校的夫君，望了一眼窗外那片白茫茫的世界，顾虑忡忡地对我说："外面又起雾了，你陪我去送孩子吧，我一个人有点发怵。"看着夫君那种彷徨无助的神情，我心想，原来在我的眼中一直都是很坚强、很勇敢的夫君也有这么脆弱的一面。好像我陪他去，就能驱散这浓浓的晨雾，就能看清那茫茫雾路似的。可真应了那句话了，"再伟大的人也有渺小的瞬间。"夫君此时的那种终日在商场上驰骋纵横的"英雄气概"已经荡然无存。"好，我陪你去，给你压车助阵。"我爽快地答应了。

当我们驱车行驶在那一片片白茫茫的晨雾中的时候，我才切切实实地感受到，夫君的担忧和胆怯的确不是多余的。我才真真切切地明白，在雾路上行车的确需要有一种不畏艰险、排除万难的信心和勇气。

车在雾路上行驶，视野之内尽是一片迷茫，朦胧难辨方向，身心特别紧张。浓雾中的世界是变幻莫测的，它时有时无，时而清晰时而模糊。浓雾中的能见度也是千变万化的，它时高，时低，有时几乎没有。如果你稍有不慎就可能走错路、走过头或是和其他的车辆接吻。你只能睁大双眼，极力地看清雾霭中的一切物体，才能保证汽车安全地驶向远方。

然而，浓雾中的道路根本就没有远方；浓雾中的远方就是咫尺；浓雾中的远方只能装在你的心里。车在茫茫雾海中徜徉，那些缭绕氤氲的雾霭，不但让你无法辨别方向，也仿佛让你置身于一个昏暗迷蒙的世界，和一个虚无缥缈的梦乡。它会让你感到新奇神秘，也会让你感到无助恐慌。尽管人们都点着车灯，小心翼翼地行驶在那浩浩渺渺雾路之上。但平时那些明亮耀眼的车灯，也会在浓雾中显得那么的黯淡无光。这浓浓的迷雾不仅朦胧了世界，暗淡了灯光，也让你看也看不清前进的方向。坐在汽车上，我一边努力地做好夫君的第二双眼睛，一边不由得感叹大自然的神奇，感叹它给人世间带来的这些变幻莫测、虚无缥缈、五彩缤纷的自然景象，让人们一生拥有那么多美丽神奇、如梦如幻的体会。

雾是包容的，它能把世间的一切都拥抱在怀中。就像母亲对待儿女一样，从不会嫌弃而遗漏任何物体；雾也是霸道的，它会毫不留情地阻隔你的前路，遮住你的视线；雾还是多情的，你永远也无法也无力，拒绝它的柔情和缠绵、温存与润泽。我不知道雾从哪个方向来，也不知道它要到哪个方向去。我只知道人在雾中游，眼是朦胧的，心是迷茫的，情是缥缈的，人是恍惚的。

雾霭笼罩的世界，就像一名身穿一袭白纱裙的仙女，她那婀娜窈窕的身姿，总是若隐若现地浮动在你的视野里，让你对她遐想不已。雾霭模糊的道路，就像一位让人琢磨不透的隐士，他那高深莫测的思绪，总是与你若即若离，让你对他感到敬畏恐惧。雾霭中的一切就像一个缥缈的梦，一首朦胧的诗，一幅虚拟的画。这梦会让你回味无穷，这诗会让你感叹不已，这画会让你感到醉眼迷离。

行走在雾路上，一切都让人那么的琢磨不透，一切都让人觉得扑朔迷离。它不禁让你想到这人生的道路。其实人生之路，就犹如这茫茫雾路，一样的朦胧模糊——谁也看不清，它到底有多么的坎坷和漫长；谁也看不清，它到底有多少歧路和方向。路在脚下，梦在远方。借一双慧眼，在雾的海洋里寻路，目标在心中确立，方向要自己把握。撑一只长篙，在雾的海洋里寻梦，理想要由自己确定，美梦要靠自己实现。

人在路上行走，与其瞻前顾后、畏首畏尾，不如潇洒迈步、快乐前行。只有走过、经过、感受过才会深知路的坎坷，只有经受过艰难坎坷的考验，才能变得更加的坚强——只有经历过风雨才能见到彩虹。其实无论是漫漫人生路，还是这茫茫的雾路，都需要你有走路的勇气和胆量、果敢和坚强。还需要你的探索精神、你的远大志向。脚是路的实践，路是脚的梦想。只要你莫犹豫，只要你不彷徨，所有的道路就会在你的脚下无限地延伸、延长；所有的梦想都在路的尽头闪光。人生之路茫茫渺渺，世上之路渺渺茫茫——荆棘丛生、雾霭密布。愿君小心涉足，积极探索，快乐前行，一路芬芳！

感　恩

　　学校放月假的时候，儿子带回来一张由学校组织开展的感恩活动倡议书。其目的就是呼吁家长对这项活动给予积极的响应和支持。并让学生利用假期做一件感恩父母的活动：如帮助父母做一顿可口的饭菜；给父母洗洗脚、做做家务……并要求家长监督孩子的活动表现，然后写写感想及建议。当看见笑容可掬的儿子，端着一盆清水，向我走来的那一瞬间，我真是感慨万千——十几年的倾情付出终于得到了些许回报，怎能让我不感到欣喜和欣慰呢？怀着激动心情，我衷心地感谢和拥护学校举办的这次活动，并希望这项活动能够长此以往地开展下去。

　　身体发肤，受之父母。生命是可贵的，是值得珍惜的，既然我们人人都懂得尊重和珍爱生命，那么我们就更应该感激给予我们生命的人。因为是他们让我们体验到了人生的美好，生命的可贵。父母是我们生命的缔造者，感激父母、感恩父母、回报父母也是我们义不容辞的责任。感恩是一种美好心理，报恩更是一种和善的举动。如果我们时常拥有感恩之情，便会时刻都有报恩之心，有了报恩之心，必然就会有报恩之举。尽管报恩就意味着付出，可是你别忘了付出就会有所收获，这是永远不变的法则。这种收获不一定是来自于物质上的，也许有时它完全属于精神上的收获。比如：一个善意的微笑，一个遥远的祝福……可精神上的慰籍岂不也是幸福生活的根源和滋润的生命源泉吗？忘记所有的付出，牢记所有的收获，岂不也是一种美好的精神境界吗？

中国是个礼仪之邦、泱泱大国。自古以来就有"施恩不图报""滴水之恩当涌泉相报"的传统美德。然而，现在的孩子他们大多数都生活在独生子女的家庭，于是，就有部分孩子仰仗着自己是家里的独苗，父母掌上明珠，便恃宠而娇，渐渐地攀附着长辈们过于溺爱的阶梯，遥遥地登上了家里小皇帝和小公主的宝座。他们自私自利、飞扬跋扈，唯我独尊。只求索取、不知回报。对长辈的呵护照顾表现得熟视无睹、理所应当；对老师的辛勤培育和谆谆教诲也是置若罔闻、不屑一顾；对同学们的关心、帮助更是觉得心安理得、受之无愧。长此以往积习成癖，就会造成严重的人格扭曲和性格偏离。一旦索取未果就对父母心存怨恨。一旦遭受挫折就会悲观失望、萎靡不振。以至于导致社会上弑父或弑母及学生自杀的案件时有发生。

孩子是祖国的未来，是人类的希望，因此让孩子知道感恩，培养孩子的感恩之心，不仅是我们每个家长和学校的义不容辞的责任，也是全社会以及全人类的重要任务。要让孩子懂得父母养育了我们，我们应该感谢父母；老师教导了我们，我们应该感谢老师；别人帮助了我们，我们应该知恩图报……要教育孩子们学会感激曾经帮助过自己的人。拥有一颗善良、感激、感恩的心。感恩之心会使我们为自己的过错或罪行发自内心地忏悔，并主动接受应有的惩罚；感恩之心又足以稀释我们心中狭隘的积怨和蛮横；感恩之心还可以帮助我们度过最大的痛苦和灾难。常怀感恩之心，我们也会逐渐原谅那些曾和你有过结怨甚至触及你心灵痛处的人。感恩是生活中最大的智慧。时常拥有感恩之情，我们便会时刻拥有报恩之心。在报恩的过程中你会得到意外的收获和快乐。

"水滴石穿非一日之功""冰冻三尺非一日之寒"。虽然培养孩子具有一颗知恩和感恩之心并不是一朝一夕的事情，但是我们仍要相信，只要从小做起，从我做起，从现在做起，从大家做起，我们就能够生活在一个感恩、施恩、报恩的世界里。感恩的世界是温馨祥和的世界；感恩的社会是和谐美好的社会；感恩的人生是幸福快乐的人生；感恩的生命是蓬勃向上的生命。让我们学会感恩吧，让感恩之情与世界同在，愿感恩之心与人类共存！

悦纳

　　也许您对这个词语还很陌生，陌生得和我一样不能真正地理解它的含义。但是我却非常喜欢这个词语，更愿意用一生的时间去参透它的含义，达到那种美好的境界。

　　悦纳从字面上理解就是喜悦地接纳、容纳和接受——也就是愉快地接受的意思；我们经常所说的"悦纳自己"，也就是接受自己的不足，不要对自己的缺点过分关注，进而发展自己的长处。而我则以为，悦纳不仅仅只是欣然地接纳，愉快地接受，而且，也是一种无私的包容和痛苦的忍耐。

　　世间万物接受阳光的普照，雨露的滋润，是一种欣然的悦纳。而忍受水灾、旱灾、火灾、虫灾等自然灾害的袭击，则是一种痛苦的悦纳。当你接受朋友的友谊和亲人的关心时，那就是一种愉快的悦纳；当你忍受朋友的背叛和亲人的伤害时，那就是一种痛苦的悦纳。也就是说，悦纳是愉快的，也是痛苦的，悦纳是高尚的，也是无私的。因为在这个世界上，永远都存在着一些你渴望得到，但却永远得不到的东西，和你不愿意接受，但又必须得接受的东西。所以说对于命运所安排的一些快乐与忧伤，幸福与磨难，我们最明智的选择方式那就是欣然地悦纳。有些人喜欢逃避生活中的种种痛苦和磨难，在我看来与其这样还不如从容地接受或忍耐。因为，逃避就意味着意志的沉沦和信念的背叛；而忍耐就意味着意志的升华和使追求成为永恒——忍耐是心灵上的从容，逃避是心灵上的仓皇。忍耐并不意味着忘记责任和使命，而逃避就意味着是对责任和使命的放弃。

从某种意义来说，悦纳就是一种宽容、包涵、接受和容忍。是的，人生在世，我们必须宽容和包涵许多我们乐意宽容和包涵的事情，也必须接受和容忍许多我们不乐意接受和容忍的事情。这种宽容，包涵，接受和容忍的过程概括起来就是一种悦纳。

其实悦纳也不失为是一种美丽的境界，高尚的情怀。天空因为悦纳了日月星辰，才变得如此的神奇和绚丽；大地因为悦纳了生命和万物，才变得如此的美丽和富饶；大海因为悦纳了百川，才变得如此的宽广和豪迈；人生因为悦纳生活中的酸甜苦辣、爱恨情仇，才变得如此的深刻和完美。

在人的一生中，有许许多多的境界和情怀都是那么的美丽，都那么的令人难以忘怀。而悦纳就是一种苦难和欢愉的境界，一种隐忍和高尚的境界；它胜过了诗情画意的境界，胜过了风花雪月的境界。它是一种精神的升华，一种心灵的超拔。正如人生一样，没有没有遗憾的人生，也没有没有遗憾的悦纳。既然悦纳是一种隐忍和高尚的境界。那么，它也就是一种遗憾的境界。其实遗憾也是一种人生境界。因为有遗憾，我们才不断地追求生活的完美；因为有苦难，我们才更加珍惜人生的幸福。

在我们有限的人生岁月里，境界呈现出如此深刻而丰富的姿容，它磨炼人的意志，牵动人的心潮。为了追求人生的深刻，我们可以承受种种磨难；为了得到心灵的沟通，我们可以忍受猜疑和误会；为了得到幸福和快乐，我们可以忍耐孤独和寂寞；为了爱和被爱，我们可以历尽苦难甘之如饴。就是这些境界，把我们的人生，演绎得如此的跌宕有致，精彩纷呈。

让我们坦然悦纳生命中的一切吧！无论它是富贵、贫穷、成功与失败。让我们欣然悦纳生命中的一切吧！无论它是健康、疾病、衰老和死亡。总之，既然生命中赋予我们的一切，都是我们有责任接受又无法逃避的，那么，何不让我们去愉快地悦纳呢？悦纳会让你的胸怀宽阔，悦纳会让你的精神充实。悦纳会使你的生活变得丰富多彩；悦纳会使你的人生变得深刻和完美；悦纳会让你早日抵达成功的彼岸和幸福的明天！

人海飘香

　　胃，又一阵阵痉挛般地疼痛了起来，而且一阵强过一阵。额头上早就渗出的汗水，此刻已经积聚成一颗颗豆大的汗珠，连接不断地滚落了下来。我情不自禁地腾出一只手，死劲地按住了自己的胃部，用一只手驾着摩托车勉强地行使在街道上。一路上的繁华喧嚣，在我的眼中已经形同虚设——如风而逝，不留半点印记。夫君出差前最担心的事情还是发生了，我的胃，就在我自己那种毫无规律的饮食虐待下，最终发起了猛烈的抗议。

　　终于，我终于坚持着把车开到了加油站，在加油处停了下来。然后有气无力地对加油工说了声："加油，加满了。"随即便下了车捂着肚子痛苦地蹲在一旁，想借机缓解一下胃痛的程度。"怎么了姐妹？哪里不舒服吗？"没想到我的样子，却引起了那位女加油工的注意。"哦，没什么，就是胃有点痛。""看你的脸色那么苍白，还是到我们办公室，喝点热水、吃点药，休息一会再走吧，我那里正好有胃药。"她的脸上依然保持着往日那种亲切的笑容，用极其和蔼的语气对我说。

　　我已经不止一次地来过这家加油站了。虽然眼前的这张笑脸，给我的印象并不陌生。可此时此刻，它却让我感到倍加亲切。刚才那种强烈的疼痛感似乎已经减轻了许多。"谢谢，不用了，出来的时候我已经吃药了，估计一会就好的。""哦，要不就屋里休息一会，喝点水再走吧。""不用了，我还有事，赶时间的。"为了不让她再为我担心，我急忙坚持着站了起来，匆匆地抹了一把脸上的汗水，极力地保持着一种正常的状态，强作笑颜的对她说着。"咱们女的怕凉，以后还是多穿点衣服，注意点的好。""好的，我会注意的，姐姐，谢谢你了！再见了。"我跨上了摩托，忍不住再次回望她那在阳光下灿然如花的笑脸，无限感激地说。

骑着摩托车离开了那家加油站，徜徉在五月温暖和煦的春风里，看着马路两边隔离带中那一朵朵、一簇簇盛开的鲜花，我的眼前不禁再一次浮现出刚才那个如花般的笑靥。人都说笑靥如花，的确如此。在我的心中，刚才那个加油工的那个真诚而富有爱心的笑靥，就如此时我眼前的这一朵朵迎风绽放的鲜花，灿烂美丽，芬芳馥郁。

不是吗？茫茫人海亦如这春日花海。它总会在你不经意间，悄悄地绽放出一朵朵爱心的花朵，飘溢着人性的芬芳。这种悠悠飘溢的暗香，乃是精神世界里的甘露，心灵盛宴上的美味。它能净化我们的灵魂，浸染我们的人生，沁润我们的心扉。人海飘香，飘的是人间的友爱，溢的是人性的醇美；人海飘香，飘的是人类发展的动力，溢的是和谐社会的力量；人海飘香，飘的是一种默契，溢的是一种感应；它是一种心灵和意念的契合，也是一种心与心之间的碰撞与共鸣。

生活在大千世界中的我们，应该努力创造一种飘香的生活，追求一种飘香的人生。不能只是一味地索取别人的理解和帮助，而是应该奉献出更多的真诚和关爱。人海飘香，它应该是我们共同拥有的心语心愿；人海飘香，它是一种至高无上的境界，也是我们永恒不懈的追求！

敬畏生命

　　对生命，我钟爱已久，也敬畏已久，凡是具有生命的东西，我都敬畏。这当然包括那些卑微有害的生命，比如蚊子或苍蝇……只要它们不招惹我，我从来都不轻易地去伤害它们。我不知道，这个世上是从何时开始有生命的，但我却知道，这个世界因为有了生命才如此的绚丽缤纷，多姿多彩的！

　　当我以生命的形式来到了人间，在风雨人生中蹉跌了无数个春夏秋冬后。我不止一次又一次地对生命发出由衷的慨叹。是的，我慨叹生命给我带来的那些悲欢离合的体会；也感谢生命给我带来的那些酸甜苦辣的滋味儿；更感谢生命让我拥抱的那些风花雪月的人生岁月。在我深深切切地感受着这个五味纷杂、瑰丽神奇的人生岁月的同时，也由衷地感谢生命、敬畏生命。

　　记得曾经在一本书里看过：有一个女孩在和男朋友偷食禁果的时候，不禁发出这样由衷的感叹。她说，有了身体、有了生命真好，她可以尝到爱的滋味。不错，有了生命真好，它不仅能让我们感受到爱与被爱、恨与被恨的滋味，也能够让我们体会到生命中所赋予我们的一切。既然生命能给我们带来这么纷繁美好的感受，那么我们有什么理由不去珍惜生命，敬畏生命呢？！

爱生命吧，它是短暂的也是美好的；敬畏生命吧，它是脆弱的，也是可贵的。它是你的，也是我的。它是我们自己的，也是这个世界的。其实我们每个人都是一道生命的风景。他人用生命的风景靓丽了我们；我们也用生命的风景雕饰了他人。无论生命以何种的形式存在，都是值得我们敬畏的；无论生命有多么的伟大和渺小，有多么的贫瘠和富有，也是装点这个世界最可贵的财富。生命是世界的财富，也是我们的财富。这种财富是值得我们世世代代爱惜和敬畏的。在这个世界上，任何一样东西都没有生命可贵——也就是说，与生命相比，其他任何事物都是微不足道的。所谓的命比天大就是这个道理。

爱生命，敬畏生命，凡是具有生命的东西都值得我们敬畏，这其中也包括那些富有生命力的文学作品。好的文学作品和我们人类一样具有永垂不朽的生命力。不是所有的文学作品都具有生命力的，也不是所有的生命都能够千古流芳的。就和我们有的人一样，她虽然具有生命，但是她的生命也将随着生命的消失而消失。这是平庸的生命，也是最普通最众多的生命。

文学作品的生命力，是我们最值得敬畏的生命力。这种生命力可以穿越时空，流芳千古。比如中国古代四大名著《三国演义》、《水浒传》、《西游记》、《红楼梦》，欧洲的四大名著《荷马史诗》、《神曲》、《哈姆雷特》、《浮士德》等等，这些文学作品无不以生命的形式永垂不朽地存在于世上。

那么，是什么才使文学作品具有如此顽强的生命力呢？文人的魔力就是把这个世界最生僻的角落，变成让人憧憬的地方；把这世上最普通的人物，变成一个个最鲜活的形象。这些作品的作者们无不以澎湃的真情，深邃的思想，敏锐的才情，为他们的文学作品注入了鲜红的血液，丰富的情感和不朽的灵魂，使自己的作品以博大精深的内容、奔腾澎湃的气势，以及丰富的历史文化、巨大的思想容量，充满了生命和活力——犹如一个个鲜活的生命，永远感染和温馨着我们的生活。因此我认为，文学的生命是永恒的生命，是最壮美、最宏阔的生命！也是最值得我们敬畏和景仰的生命！

柔美最美

"世界上少不了女人。如果少了女人，这个世界就将失去百分之五十的真，百分之七十的善，百分之百的美。"这段对女人充满了爱护、怜惜、尊敬、赞赏的文字，是伟人孙中山的名句。

由此可见，女人在这个世界上就是美的化身，美的全部。女人美得倾国倾城，男人爱美爱得惊天动地。自古以来有许多事例足以证明此言不虚，譬如周幽王为了博得褒姒的嫣然一笑，演绎了惊世骇俗的烽火戏诸侯；西施的秋波一转，吴王浑身酥软，江山倾倒；杨贵妃一股金钗将唐朝划开了两极盛衰；吴三桂冲冠一怒为红颜，奠定了大清二百六十八年的基业。试问：如果不是美女，哪能有如此力量来扭转乾坤呢？这些事实都充分地证明了女人的美具有一种翻天覆地的力量。

然而，女人的美却是没有一定标准的，也不是几个男人所能决定的。历史前进，时代发展，美的标准也在演变。俗话说，萝卜青菜，各有所爱。环肥燕瘦，各有千秋。随着古典美的暗淡，现代美的荣耀，人们的审美观也发生了一个翻天覆地的转变。各色美女们也把这个世界搞得眼花缭乱，异彩缤纷，丰富有致。美的种类也层出不穷，各具风采。如自然美，人工美；古典美，现代美；高雅美、端庄美、外表美；文静美，奔放美；清纯美，温柔美……我不是研究美学的，在这里我就不一一列举说明了。

我只想说的就是，在如此众多的美中我最欣赏、最认可的美那就是温柔——柔美。我常常以为女人最有魅力之处，并不在于她外表是否美貌如花，而是在于她的性情是否温柔似水。作为女人无论她外表是否美艳，无论她是属于哪种类型的女人，热情奔放也好，清纯优雅也罢，真诚善良也好，独立坚强也罢。如果你缺乏女性特有的温柔，就很难被人公认为是好女人。真正的好女人，应该是爱的使者，温柔的化身。也就是说只有温柔的女人，才是最让人心动、最美丽的女人——暗香长流，清纯幽远的女人。

女人的似水柔情是需要长时间的玩味和体会的。都说女人是水，其实只有温柔的女人才是水——杯无色无味的白开水，看似普通平凡，却能解渴消烦。以柔克刚，无论多么刚强的男人，在女人似水的柔情面前也会妥协也会倾倒。谁也无力拒绝水的温柔和缠绵。因此，上男人们都愿意沉醉在水的怀抱里一生不醒。容貌美丽的女人只能征服男人的眼球，既美丽又温柔的女人才能征服男人心灵甚至一生。除了美貌和眼泪，温柔就是女人的另一件具有杀伤力的内功暗器。其实它一样具有扭转乾坤，颠覆历史的力量。

柔美最美，温柔美才是真正美。它美得自然，美得从容，美得令人心醉。温即是温暖和善，柔即是恬适静美，温柔美乃是善的异化，爱的迸发，美的升华。作为女人，你尽可以坚强、潇洒、聪慧、干练、足智多谋……但有一点却不能少，那就温柔。温柔，是作为女人不可缺少的一种基本资质和品性。女人如果突出了自己的女性本质——温柔的特点，便可以表现出更多的亲和力和感召力。作为女人，你可以不漂亮，不年轻，但必须要拥有如水的柔情。柔则顺，顺则通，通则畅，畅则达。温柔能使你魅力四射，温柔能使你家庭幸福，温柔能使你事业成功。

女人的柔美就是一种独特美，一种资质美，一种智慧美。也就是说，一个女人最美的时候，不是忧伤，也不是快乐，而是柔情似水的时刻。有了温柔取胜的秘诀，女人定可以使自己的人生焕发出神奇而瑰丽的色彩！

和谐好美

夜幕低垂，华灯初上，花坛里的鲜花，正在灼灼地开放。我挽着夫君的手，悠闲地漫步在我们家属院附近的休闲广场上。夏天的晚上，休闲广场是最热闹的地方。人们都喜欢到这里休闲散步打发业余时光。尽管天很热，可这里仍然是人来人往、熙熙攘攘——有摆地摊的、卖小吃的，有下棋的、闲聊的，有扭秧歌的、看热闹的，还有在健身器械上运动健身的……天地祥瑞，人景融合，这热闹非凡的场面使我应接不暇、兴致盎然。很快，我便情不自禁地被这种幸福和谐的气氛而深深感染。

转了几圈以后，我突然发现，在我们不远的前方有一位白发苍苍的老妇人，正小心翼翼地挽扶着半身不遂的老伴，极其艰难地向前挪动着。我不知道，他们的家有多远。也不知道，以他们这样的速度，挪到这里需要多长的时间。我只知道，这"执子之手、与子偕老"的情景，在人群中，在夜色里显得那么的幸福和谐。

等我们玩够向家走的时候，在一个小吃摊前，我又被一幅动人的画面而深深地吸引了。只见那个摊位上一对中年夫妻，女的手里正拿着一个刚买来的雪糕，自己还没舍得吃一口，就把它举到正在忙碌着的丈夫的嘴边……男人微笑地看了妻子一眼，抹了一把脸上的汗水，甜甜地咬了一口，然后，深深地咽下去，仿佛已经把他所有的幸福和甜蜜都咽进了肚里。我不知道，这对夫妻之间还存在着多少温馨烂漫的事情，但我知道，在这灿烂的星空下，这一温馨烂漫的情景使这条街道两旁的一切景物，都显得那么的甜美和谐。

接着，又一幅画面倏然映入我眼帘：一个妇女骑着自行车带着孩子，那个小孩手里把玩着一把扇子。忽然一阵晚风吹过，那把扇子竟然随风飘落，一连滚落出好远。这一情景，正好被她们身后一个骑着自行车的小伙子看到了。只听他先喊了一声：扇子掉了。然后就迅速地跳下自行车，飞快地向那把扇子追去……等他把扇子捡回来以后，已经是气喘吁吁了。当他把扇子递给那个妇女的时候，换来的是母女俩由衷的谢意和路人默默的赞许！我不知道，这条路上到底还发生过多少这种感人的场面，但我知道，这种自然和谐的风气，就像这和煦的晚风，吹拂在这个文明都市的每一个角落。

在我的眼里，这些自然而和谐的情景，就是最温馨祥和的语言，也是一种爱心与温暖的体现。那时那刻，我才惊喜地发现，原来幸福和谐是这样的美丽动人，也是这样的难能可贵。是的，既然我们人人都需要爱，人人都渴望幸福和谐，那么，我们何不用爱去面对每个人、每件事、每一天呢？别人远了，我们主动走近；别人冷漠，我们付出热诚。唯有主动付出才能创造幸福和谐的生活，才能收获丰盈香甜的果实。

我的心不禁因这些幸福和谐的场面，而渐渐地变得温润、祥和与富足起来。我是一个喜静而不喜动的人，这种性格使我极少产生那种出去走一走看一看的欲望。平时最大的爱好就是喜欢在家里，安安静静地上网写字。正是因为这样，也让我失去了许多享受生活浪漫情趣和捕捉自然和谐之美的机会。那天晚上，如果不是家属院里停电了，我还不会尽享这种收获幸福、感受和谐的美好时光。

那一刻，我情不自禁地再一次回望灯火阑珊的休闲广场。只见那几个人工喷泉，像朵朵盛开的白莲很自然地绽放在广场中央。天空上一弯新月、几颗明星、数点流萤，正在悄悄地欣赏着人间的一切，给夜幕下的休闲广场平添了几许自然和谐之美。

啊，和谐好美！我不禁发出这种由衷的感叹！百川蜿蜒东流，大海敞开坦荡的胸怀去容纳；万丈瀑布飞泻直下，山川伸出颀长的双臂来接纳。这是大自然的默契与和谐。东西不小心掉在了地上，走在身后的人主动帮你拾起；一不留神摔倒在路上，被人小心地扶了起来。这是人与人之间的默契与和谐。人类的和谐比大自然的和谐更具情感化。生活在大千世界的我们，都应该追求一种自然和谐的人生！每个人都应该奉献出更多的关心和爱，而不是一味地索取别人的理解和帮助。虽然无约，但是我们都有着一个共同的心愿：那就是让这个世界因我们的存在而变得更加的和谐自然！

和谐是什么？天地苍茫，宇宙洪荒，和谐是蓝天沃土、瀚海平江，和谐是崇山峻岭、层峦叠嶂。和谐是哺育我们生生不息的阳光，和谐是能给我们带来抚慰的一瓣馨香。和谐是天空，它能包容天地间的万物。和谐是人与人之间友谊的桥梁，也是一种爱的积累和情的释放。和谐让我们感受到了爱的光芒，和谐让我们感受到了情的滋养。和谐是一种至高无上的境界，也是我们共同谱写的生命乐章！

芳草人生

　　每次户外活动或上下班的路上，我都特别喜欢欣赏那些视野所及之处的花草。尤其在公园里漫步时，更喜欢在那些绿油油的草甸中，久久地流连。我很喜欢小草的姿态，更喜欢小草的颜色——绿色是生命的颜色，是希望的颜色，是自然的颜色，也是人类智慧的颜色。它如同燃烧着的生命，给人以澎湃的激情和无限的活力；它如同诗意的人生，给人以美好的希望和幸福的憧憬

　　因为爱极了绿色，所以更喜欢那些生机勃勃、郁郁葱葱的小草和草地。我觉得自然的草地也蕴含着人生的哲理，彰显着人生的法则：自然的草地中林林总总地生长着成百上千种植物，有高大的、低矮的、粗壮的、纤细的、娇嫩的、顽强的、有益的、有毒的、开花的、结果的。有盘根错节的、成帮结队的、孤零的、依附的、独立的、浑身长刺的、芳香四溢的，也有被牲畜啃噬遍体鳞伤的、被腻虫困扰的黯然枯萎的、折断肢体汁液外渗状如流泪的、枝繁叶茂迎风招展的、结满籽实随风播撒的……

　　自然的草地之所以称之为自然，就是少了人工的粉饰和雕琢，体现了自然的美感，譬如女性的化妆：浓妆艳抹给人一种做作夸张的感觉，素雅的淡妆给人以清新和自然。自然的草地虽然拥挤，虽然百物杂陈，

却都有着自己的生命轨迹，遵循着自然的法则：根深者叶茂；肤浅者枯黄。善于盘根错节、苦心钻营者势众；孤军奋战、循规蹈矩者势微。

那些豚草，释放着多种化学物质，大量有害气体和花粉，抑制、排斥其他植物，自己却疯狂地生长，急速地繁殖着自己的亲信。如强权当道、暗无天日，侵占别人的领地，汲取原本属于别人的养料，努力地想把自己的种群扩张到极限。只有那些默默无闻，与世无争的花草，才散发着独特的幽香，摇曳着妩媚的身姿，给人一种古朴自然的夏日清凉和生命芬芳。

其实这一望无际的草地，就如我们一望无垠的人海一般，鱼龙混杂，良莠不齐。优胜劣汰，智者生存。软弱贫瘠者永远是那么形容枯槁，弱不禁风，而强壮富庶者永远是那么的丰腴茁壮，精神抖擞。沧海一粟，我们每个人就是一棵生长在大自然中的小草，在无边的旷野上，在广袤的草地中，显得那么的羸弱渺小和微不足道。尽管如此，我们仍然会不忧不惧地成长，无忧无虑地生存。因为我们是大自然之子，生命是大自然赐予我们的福泽，生存是大自然赋予我们的权利。

是的，我由衷地感激大自然，更喜爱这自然的草地。人生漫漫，芳草萋萋。野火烧不尽，春风吹又生。我欣赏着草地的荣衰，也感悟着草地给予我的启迪——虽然生活在危机四伏、困苦贫瘠中，却还是那么的坚韧不拔、不屈不挠、百折不回。这就是生命的力量和坚强，这就是生存的态度和精神。我愿我们所有人的人生都能像那些朴实自然的小草一样，不但拥有顽强不屈的生命力，而且还富有百折不挠积极向上的精神；也愿我们的生活像小草一样快乐向上，生命像小草一样自然芬芳！

垂钓人生

　　静，出奇的静，周围的一切都是静静的。静静的鱼塘边上坐着静静垂钓的人们，偌大的鱼塘，波澜不兴地在午后那灼热的阳光下，闪着粼粼耀眼的波光。五颜六色的太阳伞与垂纶钓影相映成趣。这还是我头一次陪同夫君到鱼塘垂钓。一切都出乎我的意料。这哪里是钓鱼呀？简直就是守候。自从上午十点多钟我们到达这个鱼塘开始，直到现在还是一无所获。也曾经无数次想象过钓鱼的情景，总以为就像野外采花那么潇洒烂漫，一会一朵儿，一会一枝儿，转眼间便会是鲜艳欲滴、芳香四溢的一束。然而这除了漫长的等待，就是索然无趣的四处张望。打着遮阳伞陪同在一旁早就已经不厌其烦的我，此刻不由得对眼前的这些垂钓迷们产生了一种由衷的敬意。是的，我好敬佩他们的耐心和信心。难道不是吗？钓鱼就是一种对耐心和信心的考验。也会有许多垂手们忍耐不住那种漫长无为的等待，时不时地调换一下地方或改变一下垂钓的方法、鱼饵等……他们的行为会让我想起《小猫钓鱼的故事》——三心二意的付出只能是一无所获的结局。当然，偶尔也会有几个幸运的垂手会在漫长等待之后，钓到一两条欢蹦乱跳的鱼儿。他们的成功必然会引起一片哗然和许多羡慕的目光。毫无疑问，他们那种收获的愉悦和胜利的表情也在无形之中激励、鼓舞着那些一无所获的同行们。于是，那些受到鼓舞和启发的人们，便会再一次地重整旗鼓，继续等待着收获的来临。

这其中也包括我的夫君。这个平时我们一起出门时对我梳妆打扮都没有耐心等待的急性子，此刻竟然变得异乎寻常的安静和沉稳。他的那种不达目的绝不罢休的架势，使我不由得对水中鱼儿们的魅力产生了几许嫉妒。皇天不负有心人——经历了漫长的等待之后，我们终于在夕阳西下之时，夜幕降临之前钓到了一条大大的鱼儿。完成了我们此行的目的和心愿。这期间我们不但忍耐了烈日的暴晒，还承受了鱼塘周围草丛中蚊虫的叮咬。当然也领略了湖光山色的优美，所幸的是在这种耐心和毅力的考验中，我们终于以一种胜利者的形象凯旋而归了。

望着那条欢蹦乱跳的鱼儿，我不禁想到了我们的人生。其实人生旅途不就是一种垂钓的过程吗？垂钓人生——垂钓风景、垂钓幸福、垂钓着收获和希望，就像钓鱼一样在漫长的人生岁月中等待着种种机遇和好运的降临。当然这些机遇也必须要由我们自己去创造、去争取、去把握。钓鱼是以大大小小的鱼儿们为目标，以钓到鱼作为希望和目的。人生也该不断地树立一些大大小小的目标，培植一些切切实实的希望。只要拥有了希望才能满怀信心等待机遇的降临，只有把握机遇才能创造奇迹获得成功！既然如此，那么在生活的海洋上，何不让我们做一个耐心十足、信心十足的垂钓者——紧紧地把握着自己手里的鱼竿，垂钓我们幸福快乐的人生呢？

在那个美丽的黄昏里，我们带着那条钓上来的鱼儿以及钓到的那些人生感悟，披着火红的晚霞，意犹未尽地踏上了归程！

诗意人生

"春眠不觉晓，处处闻啼鸟，夜来风雨声，花落知多少？"孟浩然的这首脍炙人口，流传千古的绝句，不仅为我迎来了无数个清新宜人的黎明，也赋予了我无数个生机盎然的春天和一个诗情画意的人生。诗意的春，诗意的晨，诗意的世界，诗意的人生……难道不是吗？这个世界是一个充满了诗意的世界，我们的人生是一个富有诗情画意的人生。

从小就喜欢诗，喜欢诗的韵律美、意境美和悠远美。喜欢他们那种以精确凝练的语言，寥寥无几的文字，就能把许多玄妙的情感、深刻的思想淋漓尽致地呈现出来的文学魅力。常常对一首好诗如痴如迷，反复吟咏，爱不释手。

上学的时候最大的愿望就是能够拥有一本李白的诗集。然而就当时的条件而言，这个愿望其实只是一种奢望而已。尤为信服老师所说的那句话："熟背唐诗三百首，不能写诗也能吟。"于是，就想方设法地从同学们那里借诗集来读。碰到特别喜欢的就抄下来留着日后背读。我天生的愚笨，背诗也慢。为了尽快背会一些好诗，就时常把它们抄在自己的手腕、手背上随时背诵。毫无疑问，那些令我如痴如醉的诗歌，诗意了我的童年，靓丽了我的青春，美化了我的生活，诗化了我的人生。

诗意人生，我喜欢这充满诗意的世界，我热爱这充满诗意的人生。

风起的时候，我就会想起刘邦的那首《大风歌》"大风起兮云飞扬，威加海内兮归故乡……"的豪迈。

花开的时候，我便会想起杜甫的那首《江畔独步寻花》"黄四娘家花满蹊，千朵万朵压枝低……"的惬意。

雪飞的时候，我也会想起柳宗元的那首《江雪》"千山鸟飞绝，万径人踪灭……"的寂寞。

月明的时候，我更会想起苏轼的那首《水调歌头》"明月几时有，把酒问青天……"的旷达。

风花雪月全入诗，春夏秋冬皆成诗。总之，世间一草一木、万事万物都蕴涵着诗意，人生处处都充满了诗情。在我诗意的一生里，有着风花雪月的浪漫情怀，也有对悲欢离合迷惘伤怀，还有对春夏秋冬眷恋缅怀。更有追求的无奈，执著的忧伤，适时的感怀……

所有的这一切，其实都是人生这首长诗的内容、韵味和意境。不管怎样，我都希望把它写得内容丰富、情节动人、意境优美、韵律铿锵、合辙对仗源远流长。

我喜欢这诗意的世界，喜欢这诗意的栖居，我喜欢这诗意的人生；喜欢诗意的风花雪月，喜欢诗意的悲欢离合，更喜欢诗意的男人和女人。诗意的人是一种浪漫、丰富、充实、愉悦的人，诗意的人是一种热爱生活奋发向上的人。

诗意的男人是豁达超拔的男人，是洒脱奔放的男人，是真诚善良的男人，是丰富深刻的男人，是乐观向上的男人。这样的男人站起来如一道山——顶天立地，伟岸不屈，躺下了如一条河——淡定从容，源远流长。

诗意的女人是温柔善良的女人，是热爱生活的女人，是健康快乐的女人，是优雅自信的女人。这样的女人，如绽放的鲜花恬美馥郁，如林间的清泉清澈、纯净。她们犹如一道令人迷恋的风景，灵性自然，含蓄纯美，她们懂得爱和被爱；她们质地如蕙、心思如兰，品位高雅，内涵丰富，时时散发着一种独特神奇的魅力。犹如一首韵味十足的诗，让人百读不倦，回味无穷。

人生如诗，生命如诗，生活中处处都有诗。面对如诗如画的生活，我们没有任何理由不去珍惜，不活出一个诗的境界和诗的韵味来的。面对诗意十足的世界，我们都应该为自己的人生留下一首美丽隽永的诗篇，让生命更富有诗意，使这个世界更加诗化。

诗意的人生是对真、善、美的升华，是对假、丑、恶的鞭挞。诗意的人生是浪漫、温馨的人生，是激扬向上的人生，是丰富多彩的人生！在诗意的人生里，想爱你就大胆地爱，有梦你就尽情地追，投入地活一次，潇洒地走一回。让这首人生的诗篇更加的精彩完美！

情缘一生

　　有一种东西叫缘，有一种距离叫远；有一种情怀叫思念，有一种关心叫无言；有一个人在天边，有一颗心却在千里挂念……已经记不清楚自己是在何时何处看到的这段话了。慢慢地咀嚼过，细细地品味过，莫名的喜欢，由衷地感叹。短短的几句话，就已经把人生的种种情感，表达得淋漓尽致，诠释得清晰透彻，让人回味无穷，感怀不尽。

　　是的，有一种东西叫缘；缘是一种看不着，摸不到，参不透而又确实存在的东西，它存在于我们人和人之间，存在于世界的每个角落，既有形又无状，既真实又缥缈。有的时候它完全只是我们人类的一种心理感受罢了。确切地说，它只是一个用来形容人与人之间关系的远近，情感的深浅，抑或是交往时间长短的形容词和表达形式而已。

　　每个人的一生都是一种缘分的组合和聚焦。缘分是前世感情的延续，缘分是今世的擦肩而过。缘分是前世不变的誓言，缘分是今生痛苦的约定。缘分是一份机遇的把握，缘分是一种爱慕的流逝。缘分是相遇时的情感交融，缘分是离别后的苦涩回忆。

　　缘来缘去，缘起缘灭，缘聚缘散，缘深缘浅，缘善缘恶……人生于情缘，死于情缘——生为缘来，死于缘去；生为缘起，死于缘灭；生为缘聚，死于缘散……人从出生的那一天开始就已经和这个世界结下了一种不解的情缘。首先结下的是父母缘、兄弟姐妹缘，接踵而来的就是同学缘、朋友缘、同事缘、战友缘、夫妻缘、子女缘、还有什么邻里缘、旅途缘、网缘等等……总之，生活似一望无际的大海，而人生亦如行驶在海上的船，它载着我们一路结缘而行，随缘而去……

我们和这个世界有缘，这世界让我们享受到了生活的幸福；我们和生活有缘，生活让我们感受到了人生的美好；我们和人生有缘，人生让我们体会到了生命的可贵。"有缘千里来相会，无缘对面不相识"。在漫长的人生旅途中，我们注定要结下许多情缘，也注定要错过许多情缘。有相逢的缘，就会有相识的缘；有相识的缘，就会有相知的缘；有相知的缘，就会有相爱的缘；有相爱的缘，就会有相守的缘。

有相爱、相守的缘就会有许多擦肩而过的缘。莫说擦肩而过就不是缘，在茫茫人海之中，一生与你擦肩而过之人何止万千。能够相遇并共走一程自是一种情缘，时间的长短只是缘深缘浅而已。相遇，倾心，痴情，演绎着人世间的爱恨情缘。即便如此，许多人之间连擦肩而过这一瞬息之缘也不会有的。所以我说擦肩是缘，邂逅是缘，相知、相爱、相守更是缘。

有些缘分是美妙而又神奇的。它来时让你心醉，去时让你心碎——譬如一次回眸的悸动，一次颔首的心仪……有些缘分是来无影去无踪的。它会在你浑然不觉中而来，又会在你不知不觉中而去，譬如生活中某些朋友间的友谊，它往往建立于无形无意之中，也会消失于无形无意之中……友情再深厚，缘尽了，也将会成为陌路。所谓的聚时依依，别后渺渺就是一种缘尽了的提示。有些缘分是急不来也求不来的，急来的缘分，来得也急去得也快；求来的缘分，不是孽缘也是贪缘。

千古之情自自然然——人间情缘贵在自然。雪泥鸿爪相逢是缘，碰到了有缘当成一场欢喜，一旦缘尽，一旦缘灭，也当豁达面对坦然视之。缘尽、缘去本是人生常态。能够做到信缘，惜缘，随缘，万缘随心者方为智达慧聪之人。有些缘分注定会成为一段温馨的回忆和一种永恒的记忆。有些缘分也将注定是你美好的向往和不懈的追求。

人生在世，情缘一生。苍茫人海皆为一粟。谁与我有缘？我与谁有缘？结缘何处？解缘何夕？谁与我逝兮？我与谁从？——渺渺茫茫，归彼大荒。

人生如月

莫名地，莫名地喜欢你，从小到大一直如此。喜欢你的皎洁，喜欢你的静美，喜欢你的亦阴亦晴，亦圆亦缺。你阴时我迷茫，你晴时我欢畅，你圆时我欣喜，我缺时我忧伤。我的心情常被你左右，我的思绪常因你疏狂。喜欢沐浴在你那淡淡的清辉里，任我那渺渺的乡愁和浩浩的别绪，慢慢地把我包围轻轻地将我淹没；喜欢静静地凝视着你，咀嚼着生命中所有的悲欢离合和喜怒哀乐。

在我的眼中，月儿总是很美，美得令人遐想，叫人沉醉。她的皎，她的洁。她的光，她的辉。她的恬，她的静。她的柔，她的美。她无时无刻不给人带来一种无与伦比、无法言说的诗意和纯美；她无时无刻不给人以一种如梦如幻、如痴如醉的感觉。这种感觉是超凡的，是脱俗的，是物我两忘的，是充满诗情和画意的。

沉醉月光下，我可以与灵魂窃窃私语，与万物促膝谈心。我可以编织一个彩色的梦幻，幻想一个爱的神话。内心，忽而似奔涌的海水，忽而如燃烧的火焰。思念浓浓如酒，思绪恣意挥洒。身心玻璃般透明，心灵潭水般宁静。任时光静静地流淌，由思绪轻轻地飞扬。

陶醉在月色中，我仿佛也如月亮般遗世独立——诗意芬芳地栖居，远离人群，远离繁芜喧嚣的尘世。将自己雕塑成和它一样寂寥绝美的风景。俯瞰滚滚红尘，倾诉点点心语，让那满天的月辉弥漫着我刻骨铭心的思念。任这思念的潮汐在尽情地泛滥，泛滥，最后凝聚成一个亘古的呼唤和千年的祈盼。

有人说，美人如月，而我则以为人生如月。每个人的一生都如月亮一般或阴，或晴，或圆，或缺，或升，或落。失意挫败时则阴，得意腾达时则晴；美满幸福时则圆，生离死别时则缺；生若升，死如落。月缺只为待月圆。每个人的一生都在期盼着一种幸福圆满的生活，并在这种期盼中不懈地追求着；每个人的一生都有幸福圆满的时光，也有残缺不全的时刻——人人都会饱尝人生的悲欢离合，体会生命的阴晴圆缺。

记得汪国真曾经说过，太美丽的人感情是孤独的，太优秀的人心灵是孤独的。月亮是孤独的，太阳是孤独的，而星星却是难以计数的。月虽有众星相捧，但它却永远都是独一无二的。美人如月般静美，伟人如月般卓绝。尽管他们也都如月般饱尝了人生的悲欢离合，体会了生命的阴晴圆缺，也如月般地孤独过寂寞过。但也如月般地令人仰视过，倾慕过。

我常常想，如果月亮是人，那它也是一个孤家寡人，也是个超凡脱俗的人，更是一个万人敬仰的人。在世人景仰的目光中咀嚼着自己的孤独和寂寞，岂不也是一种与众不同的人生吗？

人生如月，月满则亏，水满则溢。没有完美的世事，也没有圆满的人生。完美本身就是一种遗憾，当世事和人生变得似乎圆满了的时候，也意味着残缺和遗憾的开始。因为人们在追求完美的同时，难免会放弃很多，失去很多。就像月亮一样，它在皎洁圆满的时候，未免就失去了那种朦胧的美和残缺的美。

人海茫茫，鱼龙混杂，良莠不齐。并不是所有的人都如月亮般优秀卓绝，并不是所有的人生都如月亮般美好，但我却希望我们每个人的人生都能像月亮一般拥有一腔浩然之气——光明正大、清辉长存！

人生如水

人都说人生如梦，而我却说人生如水，人生旅途漫漫长路，恰似悠悠之流水。人于生之初行至生之归，水于源之头流至源之尾。人生一去不复返，流水一去不复回。人能逝世死亡，水能消失蒸发。人生就是一次漂流，生存就是一次漂流的过程。人生百态流水千种，有的如澹泊恬静的泉水；有的如清澈潺潺的溪水；有的如深邃静谧的湖水；有的如浩浩荡荡的江水；有的如波澜壮阔的海水；有的如汹涌澎湃的潮水。

人生如水，亦有悬壶济世之功，也有泛滥成灾之险。有的人活着能够普度众生，济世救人，有的人活着则能够颠倒乾坤，祸国殃民。水有清、浊之分，人有好、坏之别；有的人活着刚正不阿，坦坦荡荡，一如一泓清泉，晶莹剔透，光明磊落。有的人活着卑鄙龌龊，狡诈阴险。一如一滩浊水、污浊肮脏，遗臭万年。水有大、小之分，人有伟、渺之别。有的人生壮怀激烈、杰出伟大，恰似汪洋大海一样气势博大，深邃宽广。有的人生默默无闻，平淡寻常，恰如一滴晨露般渺小卑微，微不足道。

人生如水，水无常势。水奔流于河中，如在暴风雨的催动下常常会漫出河堤而改变方向。人在黑暗中行走，北斗星可以将你指引，但如果它指引的前方是一片沼泽泥潭，我们一路走下去岂不会面临没顶之灾？

因此，我们必须改变方向选择一条可通之路。顺应时势，适时而变。变则通、通则变，变化也是宇宙间亘古不变的定律。人在一生中的际遇犹如江河之水，有时平缓舒展，有时跌宕起伏，遇高山而迂回，过低洼而趋流。

人生如水。人生百味，酸甜苦辣尽在其中，假如把一生比喻成一杯清水，生活就是人生的一种调味剂。只有我们自己去调味，才能够品尝出其中的滋味。加糖、加盐加别的什么这就是你的权利了。

人生如水，水有逆流，也有顺流。所以人生有顺境也有逆境，有痛苦也有欢乐。记得在一本书里曾经看过这样一段故事：

一个人总是落魄不得志，便有人向他推荐智者。

智者沉思良久，默然舀起一瓢水，问："这水是什么形状？"这人摇头："水哪有什么形状？""智者不答，只是把水倒入杯子，这人恍然："我知道了，水的形状像杯子。"智者无语，又把杯子中的水倒入旁边的花瓶，这人悟道："我知道了，水的形状像花瓶。"智者摇头，轻轻端起花瓶，把水倒入一个盛满沙土的盆。清清的水便一下融入沙土，不见了。

这个人陷入了沉默与思索。过了很久，他说，"我知道了您是通过水告诉我，社会处处像一个规则的容器，人应该像水一样，盛进什么容器就是什么形状。而且，人还极可能在一个规则的容器中消逝，就像这水一样，消逝得迅速、突然，而且一切无法改变！"这人说完，眼睛紧盯着智者的眼睛，他现在急于要得到智者的肯定。

"是这样。"智者拈须，转而又说："又不是这样！"说毕，智者出门，这人随后。在屋檐下，智者伏下身子，手在青石板的台阶上摸了一会儿，然后顿住。这人把手指伸向刚才智者所触摸之地，他感到有一个凹处。他不知道这本来平整的石阶上的"小窝"藏着什么玄机。智者说："一到雨天，雨水就会从屋檐落下，看这个凹处就是水落下的结果。"

此人遂大悟："我明白了，人可能被装入规则的容器，但又应该像这小小的水滴，改变着这坚硬的青石板，直到破坏容器。"

智者说："对，这个窝会变成一个洞！"

人生如水，我们既要尽力适应环境，也要努力改变环境，实现自我。我们应该多一点韧性，能够在必要的时候弯一弯，转一转，因为太坚硬容易折断。唯有那些不只是坚硬，而更多一些柔韧弹性的人，才可以克服更多的困难，战胜更多的挫折。

人生如水，水是自由的，水是轻灵的，水是坚韧的。人生应如水般不拘形态，随遇而安。人生应该像水一样在花花世界中游刃有余，安详自在地生活；像水一样活得清澈透明，自由自在；像水一样在不息的流淌中磨去生活的棱角，去击穿挡路的石阶；像水一样把自己融入无涯的大海而不怕失去自我；像水一样适时地出现在沙漠中为旅人解渴；像水一样去滋润干枯的心田；像水一样奔流年年月月，滔滔不息，像水一样……

文字的高度

儿子放假回来的时候，带回来了一道命题作文，题目叫《高度》。让我帮他参谋参谋，提供点思路和线索。面对如此抽象的命题作文，也曾写过不少文章的我，思路却感到一片茫然。

高度，高度。人有高度，树有高度，山也有高度……对了，人生也有高度——思想的高度，心灵的高度，精神的高度，灵魂的高度……我在心里反反复复地默念着这个题目。想象着所有具有高度的事物，分析着这种种高度的内涵和境界。如此看来，具有高度的事物真可谓林林总总，举不胜举。那么假如让我写这个题目，我会怎样去写呢？我会写什么的高度呢？对了，我热爱文学，喜欢文字。它们又何尝不具备高度呢？

一直都很喜欢文字，一直都很喜欢阅读。尤其是对那些读起来朗朗上口，抑扬顿挫，意韵优美的唐诗宋词以及现代诗歌更是爱不释手。每每读古诗时总是能被古人卓越高超的文字组织能力而折服。他们那种以简单、精确，凝练的语言、寥寥无几的文字，就能把许多玄妙的情感、深刻的思想，淋漓尽致地呈现出来的文字功底，怎能不让我们现代人为之惊叹和喜爱呢？比如我们所熟知的唐代诗人李白、杜甫、王维以及宋朝的苏轼、欧阳修、辛弃疾、李清照等等，他们在诗词上写作的技巧之纯熟，风格之遒上，境界之高远，又岂能是我们一般现代人所能超越的呢？他们所抵达的文学境界和文字高度，永远都是我等平凡之辈遥遥而不可企及的。

"江山代有人才出"，岁月更迭、王朝兴衰。其实我国历朝历代都有不少脍炙人口的名篇和佳作。中国之所以能成为一个人文荟萃的礼仪之邦，以悠久文明的古国享誉全球，正是和这些源远流长、灿烂辉煌的诗文传统密切相关的。再说鲁迅、郭沫若、矛盾、老舍、巴金等，这些现代文学领域里面的文学先驱和巨匠们，写出来的文学作品所抵达的文学境界更是风华绮靡、气势雄浑、异彩纷呈，文字高度也是清丽绝伦、登峰造极、各领风骚。

那么究竟怎样的文字才算好的文字、有水平的文字、有高度的文字呢？其实我个人认为，因为每个人的文学修养，情感经历以及社会背景的不同，所以每个人的写作风格也各不相同。也就是说每个人都有自己的文字特点，各有千秋，并不能一概而论。

好的文字不是华丽辞藻的堆砌，也不是云里雾里的隐晦，更不是天马行空的卖弄，而是真诚、自然、散淡的交流。也就是说，最好的文字就是那些清淡如水、朴实无华的文字。最耐读的文章就是那些犹如"白开水"似的文章。请不要小看"白开水"，没有一个人不喜欢"白开水"，也没有一个人能离开"白开水"，它是我们的"生命之水"。当然，只要它出现得正确，运用得得当，我也喜欢那种华美的辞藻，深奥的造句。就像我喜欢喝"白开水"但也并不拒绝享受清茶和美酒一样。但凡一些"大家"写出来的文字反而更是平淡如水、通俗易懂。他们所追求的是与读者之间的那种思想上的共鸣和心灵上的契合，而不是故弄玄虚的卖弄。

其实文字的本身就是一种符号，是一种用来"传情达意"的工具。而不是用来炫耀卖弄的外衣。好文章、好文字就是故知亲朋之间的真情互动，亲切交谈——娓娓道来、直抒胸臆，绝无矫揉造作，装腔作势之态。好文字是自然的，是本真的，是真诚的，是倾情的，而不是东施效颦般的无病呻吟。总之，文字本身反映的是人的思想，表达的是人的情感。只是看你怎么能够准确、流畅、自然地把它呈现出来罢了。

说到这里不禁想到了自己的文字，我的文字虽然都是一些心情文字，虽然也不乏真诚和真情。但也有辞藻堆砌，思想空洞，内容贫乏等缺憾。其实对于一个像我这样只有初中文化水平，又当了十几年的家庭主妇的人来说，要想使自己的文字有一个渴望的高度，也是一件很不容易的事情。文化知识贫瘠，文学功底浅薄，接触面狭窄，这是我的文字不能出奇出新的主要因素，也是我心中莫大的悲哀。其实总是围绕着自己心中的那些情情结结、恩恩怨怨、来来去去、反反复复所写出来的文字，时间久了连自己看起来都觉得空洞乏味，何况别人呢？因为文学创作毕竟来源于生活，因此上我从不相信闭门造车、凭空想象能写出什么好文章的。但我仍然企望自己的文字，能够在自己的不断努力下，达到和具备那种可以企及的高度。

总之，文学的境界是无极限的，文字的高度也是无极限的。人生没有真正的峰巅，文学也没有真正的峰巅，文字更没有真正的峰巅。所以只要你肯向前，只要你肯努力，只要你肯登攀。相信我们每一个文学爱好者都能用自己的脚步丈量出属于自己的峰峦；支撑出一片属于自己的文学天空，拥有自己的文字世界，从而更近一步地抵达自己所企及的文字高度。

阳光的味道

当你看到这个题目，一定会疑惑地问，太阳也有味道吗？我敢肯定地说，当然有。不但有，而且还很香很甜很美。或许您只留意过太阳的光芒、颜色和情态，从不曾留意，也不曾想过，太阳也会有味道儿。而我对太阳味道儿的喜爱和迷恋，却已经由来已久。

记得小时候家家都睡火炕。等到了夏天，因为没有别的做饭设备，家里每天都得烧三遍火，把屋里烧得闷热不说，炕也热得难以入睡。于是我便经常和姐姐们抱着被褥跑到仓房里，用板子搭一个简单的床铺睡觉。这种舒适凉爽的睡觉方式，不仅让我们逃避了那个滚热难熬的火炕，而且也给我们孩提时代的生活平添了不少的情调和乐趣。

这种睡觉方式虽好，但由于仓房没有窗户过于阴暗，被褥就容易发潮。因此我们必须得经常晒被子。如果几天不晒，被褥就会有潮乎乎沉甸甸的感觉。那时候我还小，晒被褥的活儿自然都是姐姐们的事。姐姐会在每天太阳升起的时候，把被褥晒出去，再在日落西山之前把被褥收回来。于是我便可以在那些散发着太阳味儿的被褥中酣然入睡了。那时候，并不懂这是被子里的棉花在吸收了充沛的阳光后而散发的香味儿，只觉得这是世上最甜、最美、最沁人心脾的味儿。睡在那种温馨香甜的味儿里，连梦都变得甜美芬芳了起来。因此我也不禁由衷地感叹太阳的伟大和无私——它不但在白天把光芒和温暖无私地奉献给人类，而且在夜晚也会把它的余热和芳香留给人间。

从那以后，我便由衷地迷恋起阳光的味道了。如今又是秋季，也是应该经常晾晒被褥的季节。每当我把那些散发着阳光味儿的被褥从阳台抱回来的时候，我就会有一种拥抱阳光拥抱幸福的感觉。在我的心中，太阳味儿的甜美一点也不比花草树木、瓜果蔬菜……的芳香逊色，它的芳馨和香甜胜过了人世间所有的味道儿。我喜欢阳光的味道儿，并希望这种味道儿在我们的生活中无所不在，更愿意自己的人生永远氤氲陶醉在这种味道儿里。

由此我不禁联想到了我们的写作与人生。其实我们每个热爱文学的人都应该把自己的文字和作品写出一种阳光味儿来，并愿这种阳光灿烂的文字，永远照耀温暖着我们的子孙后代。不仅如此，生活中的我们都应该像太阳一样，不但要活出一种光芒和温暖，而且也要活出一种甘之如饴的味道儿和芬芳。即使我们不在了，我们也应该把这种生命的味道和芬芳遗留隽永在世上。倘若如此，夫复何求？

　　我家的楼前有一排整齐的槐树。我时常会在上网累了的时候，久久地伫立在窗前，静静地观察着它们在一年四季中的变化。喜欢它们那种春天里蓬勃；夏天里的茂盛；秋天里的萧瑟；冬天里的裸露。其实蓬勃、茂盛、萧瑟、裸露就是生命在四季中的表现形式。如果说生命是一道风景，那么这道风景在冬季里的表现就是坦荡的，裸露的。

　　假如没有白雪的雕饰和覆盖，冬季里的一切都是裸露的——裸露的山川、裸露的田野、裸露的树木、裸露的土地……这种裸露就是生命的一种休眠、将息和守望。所有的生命都会在这种将息和守望中孕育着无限的生机，做着一个春天的梦，等待着春天的到来。如果裸露是一种生命的境界，那么这种境界就是真实、自然和坦白；如果裸露是一种情怀，那么这种情怀就是承受、悦纳和忍耐。因为既然是生命，既然要存在，我们也只能欣然地接受这个世界上的自然规律——坦然地面对生命中的一切安排。

　　如今正是隆冬季节，那些槐树便这样静静地裸露在阳光下，或是寒风里。我时常会望着那些裸露的槐树抑或是田野里裸露的麦苗，产生几许怜惜和悲哀。甚至于，替它们抱怨自然界的冷酷和虐待。就像小的时候曾经看到过许多贫穷的孩子，在冬天里裸露着手脚和脑袋，它是那么的让人感到同情和无奈。可是，有时候细想想，正是自然和命运的这种考验和虐待，才能使生命变得更加的顽强和精彩！

其实裸露也是一种美丽，它的美丽美在真实和自然。裸露的山川虽然失去了昔日的风光和绚烂，但它却更加的坦荡和傲岸。裸露的树木虽然没有了往日的芬芳和灿烂，但它却更加的挺拔和勇敢。其实裸露也是一种品格，它的品格贵在无畏和坦然。既然裸露就是生命的安排，那么接受和面对也是一种无畏的体现。

在裸露的冬天里，所以的生命都在裸露着默默地接受着冰雪严寒的考验。它们在寒冷的气候里做着一个瑟缩的梦——梦着春的芬芳，夏的绚烂。梦见浪漫多情的诗人将眼泪洒在这种寒冷和萧瑟中，并提醒我们既然冬天来了，春天还会远吗？既然裸露中有绚烂的梦，既然冬天里有春天的梦，那么我们何不在这种美丽的梦境中尽情地希望和憧憬！

我喜欢裸露的冬天——喜欢在裸露的冬天里，守望着春天的信息；喜欢在裸露的冬天里，期待一场瑞雪的滋润和覆盖。我喜欢裸露的冬天所赋予我的这种美好的憧憬和希望的情怀，并愿意在这种憧憬和希望中使自己的人生变得更加的丰富多彩！

镜花水月终是幻

当初在红袖注册文集的时候，因为喜欢月亮，所以就想用一个带月的名字注册，可是试用了十好几个带月的昵称，却都已经被别人注册过了。失望之余灵机一闪，突然想到了"闭月"这个名字，这是中国古代四大美女之一貂蝉的代称。结果一试就注册成功了。心里一阵窃喜，暗想，既然注册成功了，就证明这个名字和我有缘，那么我就用它吧。可是欣喜之余又觉得当之有愧，并有自诩之嫌。于是就在个人说明里面用了"闭月羞花办不到，沉鱼落雁不可能，别人都说可以，自己认为还行"这几句话加以解释说明。

自古以来文无第一，武无第二，人无最美。虽然自己也有美女之誉，但我认为美女就如鲜花一样各有千秋，各具芳菲。当今世上有几个女人敢说自己有闭月羞花之貌，沉鱼落雁之容呢？我不敢！你敢吗？闭月、羞花、沉鱼、落雁，也只是人们对美貌女子的一种赞誉之词，也只是人们爱美之心的一种表达和希冀而已。

其实我自以为，我的容貌也只属于那种别人说可以，自己认为还行的那种。也许有人会觉得"自己认为还行"这句话里透露着一种自信和满足，但这确是我的肺腑之言，自信有什么不好呢？自信是完美人生的基础，是走向成功的保障。满足是幸福人生的境界，是快乐生活的源泉。身体发肤受之父母，容貌是天生的，是父母给的，既然它不能按照自己的意愿而转移，那么你不满意也于事无补，又何不坦然接受呢？欣然面对呢？

因为对自己的容貌还感到满意，所以对当今世上所流行的那些纹眉、纹眼线、纹唇线，割双眼皮，隆胸等一系列美容技术都非常的反感和排斥，甚至于连染发、烫发这样的时髦我都不赶，就喜欢自己天生的这头黝黑飘逸、自然的秀发。平时也极力地追求着一种浅淡自然的装扮，只有在必要的时候和出席特殊的场合才刻意地修饰一番。

去年夏天的一天，妹妹来到我的门市。扬着她那漂亮的脸蛋，对我故作神秘地说："嫂子你看我漂亮了吗？"我一眼就看出来她的睫毛长了许多，而且还翘翘的、弯弯的、眨起眼来煞是美丽动人，整个人也比以前显得漂亮多了。"你嫁接眼睫毛了？不痛吗？""是啊！好看吗？不痛，也不贵，你也去接吧。""洗脸、洗澡怎么办？不掉吗？我可不接。"我望着她那有点失真的睫毛，怯怯地摇着头说。"掉了再补，她们美容院都承诺了随到随补。""嫂子你要接，我的朋友就会，我让她给你接，保证又自然又漂亮。"这时，我的一个雇员在一边说话了。"等等再说吧，看她的爱不爱掉。"不知道为什么，我看着比平时更具妩媚风情的小姑子，竟然有点动心了。虽然我自己的睫毛也属于长长翘翘的那种，可是和她那假的相比不免逊色了许多。"明天我就让她来给你接，我让她用最好材料，我朋友的手艺可是一流的，保你满意。"没有想到那个雇员居然特别热情。我一想，过些日子就要回东北老家了，何不把自己打扮得漂亮点给亲人们一个惊喜呢？接就接吧，于是就点头默许了。

睫毛嫁接完了，从镜子里看着自己的明眸，果然比以前显得愈加的顾盼生辉，生动灵气了，整个人也更加的光彩照人了。我心里暗想，看来这人如果先天不足，还真需要后天的修饰与弥补。这种后天的弥补，还的确产生了不小的轰动。且不说本来收视率就不低的我，由此又锁定了多少人艳羡和欣赏的目光。单说夫君的欣赏和赞美，就足以让我感到飘飘然的了。例如："我媳妇的睫毛可真好看，呼扇呼扇的，我说今年夏天怎么感到这么凉快呢？原来我身边多了一台人造风扇啊，哈哈！"。

回乡的时候，产生的轰动更是非同凡响了。不仅多年没有见面的妈妈和姐妹们总是时不时盯着我的脸瞧，并一直追问我接的时候疼吗？洗脸的时候掉吗？接一次多少钱？……还有我那只有七岁大的小外甥女，也是只要一玩累了就默默地守候在我的身边，用她那天真无瑕的眼睛久久地一往情深地凝视着我，直到看累了才肯去吃饭睡觉。那种被人欣赏，让人陶醉的感觉，着实让我感到了欣慰和自豪。

殊不知这种欣慰和自豪的背后，却隐藏着无穷的烦恼——那就是它给人带来的不便。不单是洗脸的时候，不敢像以前那样大把地进行了，而且洗澡的时候也得特别地小心注意。可是，尽管我小心呵护、分外注意，也无法阻止它的零落。假睫毛就像我们从树上采来的鲜花那样，它们不具备生存的根本——滋养生命的源泉，萎靡和凋零只是迟早的事。最后留给你的，也只有惋惜和懊恼，失落和惆怅。

假睫毛再好，再美，也是假的。假的就是假的，它永远真不了，也永久不了。当我最后，望着镜子里那些七零八落、参差不齐的假睫毛，不得不一个个把它们开除的时候；当我看到我原来的睫毛也被它们损伤了的时候，我也只能是懊悔不迭，痛惜不已。

由此我想到了当今社会上那些还在不惜重金追求人工修饰、人造之美的人们。他们将来是不是也会有一天，也会像我一样，因追求虚假之美而破坏本真之美，甚至于危害身心健康呢？假美、人造美永远都是暂时的虚幻之美，它长久不了，也永恒不了。就像镜花水月，海市蜃楼一般，它是没有生命的美丽，也只能是昙花一现，娇兰瞬间，刹那芳华。最终给我们留下的只能是空空的欢喜，短短的记忆，长长的回忆。镜花水月终是幻，镜花水月了无痕，看来只有追求自然，爱惜本真才是我们最明智的选择。

悠悠书香伴我行

不知道为什么，有生以来最喜欢的香味就是书香。记得小的时候，每次家里买来新书或新画本时，我都会迫不及待地打开扉页，把鼻子凑上去，深深地吸一吸这些新书所散发出来的那一股股浓浓的墨香味儿。然后，再去欣赏他们的精彩内容。有时甚至于嗅了再嗅，大有一种为之倾倒为之陶醉的感觉。上学以后更是如此，每次发新书的时候都是我心情最愉悦的时刻。因为我会长时间地陶醉在这些幽幽的书香里面不能自拔。因为爱极了这些书香，所以更爱极了这些新书。因为爱极了这些新书，所以更愿意把自己一次次沉醉遗失在这些芬芳馥郁的书香里。

在我的心里，这些浓浓淡淡、幽幽远远的书香，胜过了世上所有花卉所散发出来的芳香。因为，它凝结着人类的汗水和智慧，也是人类精神文明的结晶和物质文明的升华。书香不是世上最美的香味儿，但它却是世上最永恒最悠远的香味儿；书香不是人间最迷人的芳香，但它却是人间最馥郁最珍贵的芳香。

我爱闻书，更爱读书。书是传承文明、文化的载体。书是人类进步的阶梯，是知识的海洋，是智慧的花朵，是人类的朋友。朋友可以背叛你，而书却能永远地忠实于你。书是新鲜的血液；是灵动的生命；是无尽的源泉。伴着书香在书中漫步，我们能感到的是智慧的光芒，是温馨的宁静，是幸福的释放，是激情的舞动……书香是一种暗香，是一缕幽香，是一瓣心香。有书香相伴会让我们感到一种沁心的舒爽，销魂的氤氲——是一种遗世独立的陶醉，是一种宁静致远的遗失。能让精神得到慰藉，灵魂得到升华；能让你浮躁的心灵得到宁静，能使你疲惫的身体得到将息。

"最是书香能至远，腹有诗书气自华"。把书作为你的朋友吧！把书架当作你的家园吧！你会为书的美丽而愉悦；会为书的芳香而陶醉。书能让你增长知识开阔视野，书香能让你精神愉悦气质高雅。书能让您阅尽人世间的千般气象，书香能使你拥有人世间的万种风情。书能让你心胸豁达聪明睿智，书香能使你魅力四射热情奔放……总之，读书能让你生活感到充实、快乐，超拔和振奋。书香会让你的人生感到温润、闪光、绚丽和多彩。

人生旅途，风雨相伴。一路走来，山高水远。我始终对书和书香拥有着绵绵不尽的情感。喜欢书的丰富精彩，更喜欢书香的馥郁、幽怨。夜阑人静，一卷在手常常会让我思绪万千，兴趣盎然。漫游在书的海洋里，我会忘记生活中所有的痛苦和忧烦，陶醉在书香里，我会抛开世俗所有的困扰和牵绊。我会飞入一个海市蜃楼，我会走进一片世外桃源。我会天真烂漫，我会成熟老练。总之，读书，与书为友与书香相伴，我会如痴如醉，我会快乐永远！

完美的追求，艰辛的里程

常言道："情之一字，所以维持世界，才之一字，所以粉饰乾坤。"由此可见情是维持世界之本。然而，人类的种种情怀之中，就属人的爱美情怀最为强烈、最为持久了。

曾经有一个开美容院的朋友，乔迁之后向我透露了一个这样的秘密：她说，你知道现在女人们的爱美之心有多么的强烈吗？我们美容院搬家的时候，我发现那张给顾客纹唇、纹眼线的床下面，都被她们用手抠出了一个坑。可是我每次给她们做手术的时候，问她们疼不疼，她们都说不疼。你说，如果不痛她们能把床都抠出窟窿来吗？我想即使真的不痛，她们也一定非常的紧张。

听了她的话，我为人类的这种强烈而持久的爱美之心，和追求美的那种坚忍不拔的精神而深深地震撼了。从而也从中悟出了一个很深刻的道理，那就是，追求完美的过程，是一个痛苦而艰辛的里程。不但痛苦艰辛，而且漫长曲折。因为人世间从来就没有真正和绝对的完美，完美本身就是一种最大的残缺和遗憾。没有最完美，只有更完美。美是无极致、无止境的。可人们都甘愿在追求这种永无止境的完美中努力着奋斗着，哪怕是为此而付出毕生的精力。

爱美之心人皆有之，它是与生俱来的，也是难以泯灭的；它是人们幸福生活的源泉，也是人类发展的动力。如果人类没有爱美之心，原始人就不会用兽皮做衣服，用兽骨做饰物。如果人类不爱美，我们至今可能还过着那种茹毛饮血的生活。正是因为爱美，渴望美，人类才能勇敢地改变自己，创造生活。尽管这种追求美和创造美的过程，是艰辛而曲折、痛苦而漫长的。亦如那些做美容的女子们所付出的代价一样——既无形无限，又神奇伟大。没有这些伟大的付出，就没有我们人类社会悠久的历史、灿烂的文化；也就是说，没有这些伟大的付出，就没有我们人类社会的繁荣和发展。

明知没有真正的完美，可我们却甘愿执著地去追求完美。人生因为有了对完美的追求，而变得更加的瑰丽神奇；生活因为有了对完美的追求，而变得更加的幸福充实。完美的情怀、完美的境界，对我们短暂的一生而言，诗一般的美好，梦一般的绚烂。为了抵达这种完美的境界和完美的彼岸，谁也不会在乎在追求它的过程中，所付出的艰辛和痛苦。因为一切完美的结局，都是以付出为代价的。

沙子蜕变成珍珠，是漫长而痛苦的；蚕蛹破茧成蝶，是痛苦而漫长的。可是，这种痛苦漫长的结果，又是那么的神奇绚丽，那么的极富诱惑力！不经历风雨，怎么见到彩虹？只要能见到彩虹，又有谁会在乎栉风沐雨呢？"梅花香自苦寒来"——只要能够灿烂芬芳，又有谁会抱怨苦寒呢？

完美的追求，艰辛的里程。人生的意义就在于不断地奋斗和追求。只要能够走向完美，接近完美，多么艰辛伟大的付出也是值得的。在结束本篇文字的时候，我由衷地祝愿，我们所有的人生，都在追求完美的过程中，而更加的幸福完美！

第四辑

美景多多

春日远足

由于各种原因，今年春天我经常来往于衡水与冀州之间。于是，衡水湖的旖旎风光，便一次又一次如诗如画地呈现在我的面前。

那日我坐在车里，正在贪婪地欣赏着衡水湖的秀丽风光时，竟豁然发现，在蓝天之下，在碧水之间，在那条平坦逶迤的环湖公路上，行走着一排穿着整齐校服的学生队伍。他们各个神采奕奕，精神抖擞、步伐整齐。天蓝色的校服，在那蓝天碧水的衬托下显得格外的鲜艳醒目。这支缓缓前行的队伍，就像一条蓝色的游龙、一道靓丽的彩虹，把衡水湖的湖光水色点缀得分外美丽。我不禁被这道美丽的风景线而深深地吸引了，便目不转睛地欣赏着他们的一举一动，尽管愈来愈远，可我依然不肯放弃。

就在我准备转移视线的时候，却忽然发现这行学生队伍中，偶尔会有人低下头，弯下腰，在路边拾着什么东西。那些学生是在采野菜吗？我不禁好奇地问身边的夫君。夫君立刻回答道，当然不是，现在各个学校都组织学生开展春季远足活动。他们带领学生们到衡水湖来，一边沿着环湖公路远足，一边捡垃圾，借以提高学生们热爱自然、保护环境的思想意识！

听了这话，我不禁由衷地赞叹学校开展的这项活动。它不仅能锻炼学生们的身体，而且也能净化学生们的心灵。在这样一个美丽的春天里，让同学们走出户外，融入自然——开阔视野、陶冶情操。这是一项多么美好，多么富有意义的活动啊！我们是自然之子，自然是我们的母亲，热爱母亲，保护母亲，是儿女们义不容辞的职责，也是我们千秋万代的大事。也就是说，保护自然、维护环境并非一朝一夕的事情。因此我们也要时刻提醒自己，从我做起，从小做起，从现在做起。不要轻易地放弃每一个走进自然，保护自然的机会。那么我们就可以永远地生活在一个洁净优美、舒适和谐的自然环境里。自然赋予我们阳光雨露，赋予我们生存的沃土。它就像一位伟大无私的慈母，哺育我们人类世世代代、幸福诗意地栖居在她的怀抱里。我们没有任何理由不去爱护，不去珍惜！

那时那刻，我坐在奔驰的汽车里，望着那些一边饱览自然风光，一边保护环境的孩子们，竟有一种和他们一起走在那个花红柳绿、莺歌燕舞的环湖公路上的冲动。这种冲动，完全来自于衡水湖畔旖旎秀丽的风光，洁净清新的环境。不错，能够远足在自然母亲的怀抱，能够伴着春风徜徉在心旷神怡、水天一色的衡水湖畔，是一件多么幸福、多么令人感怀的事情啊！这是一种极富深意、极富诗意的远足。它不仅诗意这个欣欣向荣的春天，诗意了这个风光如画的衡水湖，也美化了我们幸福和谐的生活！

　　五月的风儿柔和温煦，五月的雨儿轻柔缠绵，五月的天空澄碧如洗，五月的阳光明媚灿烂，五月的生命激情澎湃，五月的世界争芳斗艳。

　　五月，一个生机蓬勃、欣欣向荣的季节。我喜欢这个季节。在季节的反复更迭和生命的辗转轮回里，我拥有过无数个五月，也送走过无数个五月。我无法细数失去的那些五月里，曾经发生过多少鲜活生动的故事，但我却知道在这个春末夏始的季节里，我曾经拥有过很多，失去过很多，也记取了很多。

　　有幸在今年这个五月，我来到了冀州这个空气清新、景色优美的湖滨小城。这里的家在长安东区，我每天都得从东区出来，穿过西区到店里打理生意。据说这两个小区是冀州最好的居民区，小区里居住的都是一些有头有脸、有车有款的人物。我从不不关心这些无关紧要的事情，但却特别喜欢这两个小区的环境——尤其是西区。小区里草木蓊郁、鸟语花香、干净整洁、清幽宁静。一栋栋高矮不一的楼房，错落有致地耸立在那些飞红舞翠的花坛和草坪之间，给人一种温馨祥和之感。

　　小区的中间有一座六层楼那么高的假山，假山的上面有一个小巧玲珑、雕刻精美、古朴典雅的八角亭。远远地望去，这个龙飞凤舞、红漆绿彩、造型优美的凉亭，在蓝天丽日的衬托下，甚是优雅美观。假山上花红柳绿，莺歌燕舞，令人赏心悦目、流连忘返。据说这座假山的下面长眠着一位公主——也就是说这座假山，是一座汉朝公主的坟墓。具体是哪位公主尚待考证，但它却确确实实地默立在这里，见证着小区人们幸福和谐的生活。

也就是说，这个五月，我便有幸缘遇了这位长眠在这个湖滨小城里的公主，并与她述说了许许多多不为人知的情话。

每当我穿过那条宽敞洁净的楼间小路，走过那座草木繁茂、花笑蝶舞的假山时，我就会情不自禁地联想到那位安睡在假山下的公主。于是，我会在心里默默地与她说，公主，你还好吗？你到底在这里沉睡了多久？你睡得是否安详宁静？你在这里历经了多少世事沧桑？你一个人孤零零地睡在这里，是否会感到寂寞忧伤？……公主坟默默无语，只有五月的熏风在为我们传递着那隐隐流动的声息。

那一刻，我的脑海里会浮现出一位美丽高贵的公主，她前呼后拥地向我款款走来；她花颜月貌、长发飘飘、裙裾飞扬。这情景，在五月的蓝天丽日下，在小区的花荫曲径间，如梦如幻地反复呈现。于是，五月的和风也为之动容，将我们温柔地拥入怀中。这是一个阳光明媚、温馨祥和的下午，我愿人类任何一段美丽的记载里，都有这样一个的温馨祥和的午后；这样一季芬芳灿烂的初夏；这样一段生动感人的故事。

当公主高傲地走过，我怅然地伫立在那个寂静的小路上。不知道如何来印证这乍喜乍悲的惆怅，不知道如何抓得住这姗姗来迟，却又急急落幕的幸福。尽管我明白，生命在片刻的欢聚之后，只能剩下离散与凋零——我与这位汉朝公主梦幻般地欢聚之后，也只能无奈地面对生命的离散与凋零。可我还是在无可奈何中久久地伤感。自古人生多无奈，无奈的悲欢，无奈的聚散。这种无奈也是世间所有生命的无奈。

我那高傲而美丽的公主啊！不知道你是否会鄙视我的贫贱卑微？也不知道你是否还留恋生前的荣华富贵？荣华富贵，过往云烟。当烟消云散，当繁华落尽，你再也无法享有生前荣耀与尊贵。你也只能静静地躺在这里，见证别人的快乐和幸福；你也只能默默地躺在这里，与我这个卑微的有缘人述说着五月的情话。不知若干年后，当我长眠在地下的时候，是否会有一个有缘人也能与我共叙这五月的情话？但愿会有！

掬几许春意 醉心田

　　我相信每一个出生于山区的孩子，都会有那种在春天里嬉戏于山野、融化于自然——采野花、采野菜等美好难忘的经历的。春天里的那种风和了、日丽了，山青了、水笑了，花开了、草绿了，蜂飞了，蝶舞了等等神奇美妙的景象，无不让人神清气爽、意醉情迷。我和夫君亦是如此，我们都出生于东北山区，长大于东北山区。因此上对山区里的自然生活都有着一种特殊的情感和眷恋。每逢春风荡漾、春暖花开的季节，我们就特别渴望能够像孩提时代那样走到室外扑入自然，尽情地沐浴一番春光，放飞一回心情，陶冶一下情操，遗失一次自己——让自己抵达一种返璞归真、浑然忘我的境界。

　　自从离开了故乡，我们不得不各自奔波操劳在这个坎坷曲折的人生旅途上。虽然每逢春天到来的时候，我们仍然还会抑制不住对大自然的心驰神往。大自然的春天对于我们来说，永远都具有一种无法抗拒的吸引力和感召力。它对于我们就意味着股股的温暖、浓浓的情意、声声的召唤。可是大多的时候我们都没有时间，也没有条件走进自然放逐自我。尽管如此，只要一有时机，我们仍旧会把自己投入自然的怀抱，领略一下人间的那种春光明媚、春意欲滴的风情韵致。

　　自从有了汽车以后，它的快捷方便给我们创造了实现这种心愿的机会。为了满足这种抑制不住的情怀，今年春天清明前后我们完全不计如今油价的昂贵，先后数次奔赴野外。到田边、到衡水湖畔采野菜——掬春意，浴春风，赏春光。我们会为一路上看到的春光美景而感到心旷神怡——会为枝头上的那些欣欣然然的嫩绿而欢欣鼓舞；会为在岸边的水里拾到一颗水螺而喜笑颜开；会为看见水里的一群小鱼儿而手舞足蹈；会为发现一片蒲公英或荠荠菜而欣喜若狂……总之徜徉在明媚的春天里，陶醉在浓浓的春意中——面对这一切一切的美好，我的心底就会涌出一股难以名状的青春活力和近乎歇斯底里的生命激情。

每当看见帅帅的夫君或神情专注地寻找着野菜，或是不顾近两百斤体重吃力蹲在田野里，孩子般地挖着野菜的那种痴憨模样，我就会有些忍俊不禁，同时也不胜感慨。不是吗？如今已经步入中年，在商场上不得不锱铢必较，在生活中不能不追名逐利的夫君，还能够在大自然的怀抱里，在春风的荡涤下，在春意的熏染中找回畴昔的童颜童趣，回复本真，重拾自我，难道不是一件很值得人感慨和庆幸的事吗？是的！岁月的风尘、人生的沧桑，它在沉淀了我们青春的躁动，收敛了我们个性的张扬，透支了我们感情的喧嚣，浓缩了我们人生的精华之后。仍然无法泯灭我们的童心，仍然不能抑制我们对春天、对大自然的向往。

人生几何？春天几度？春意几许？春天、春意，亦如人生，亦如青春，同样值得我们去留恋、去珍惜。"须知此时春尚浓，莫待明年花更好。"在我们珍视生命、珍惜青春的同时，请莫忽略春天，请莫辜负春意。春天给人以希望，春意醉人以心田。人都说笑容可掬，我亦云春意可掬。朋友如果你有时间，如果你有可能，请在春天里走入大自然，掬几许春意醉心田，让这几许春意浸润于身体的每一个细胞里，升华为滋润你生命的甘泉，使你的生活更加充实美满，使你的生命更加鲜活灿烂。

乡下春来早

　　我从不否认自己对春天。有着望穿秋水的期盼，也有着魂牵梦绕的思恋。春节一过，我便迫不及待地想沐浴春光、拥抱春天了。然而，春天就像一个犹抱琵琶半遮面的少女，迟迟不肯轻易示人。这不由得使已经蛰伏了一冬的我产生了几许惆怅和莫落————这种惆怅和莫落完全来自于我对春天的希慕和爱恋。是的，和所有的生命一样，我爱春天，爱它所赋予我们的希望和温暖；爱它所赋予我们的芬芳和灿烂……正因为有了这种爱，才迫切了我探春、迎春、惜春的欲望和情怀。

　　那么春天在哪里呢？如今已是早春二月，尽管在那些扑面而来的料峭春风里，我们已不难感受到几许春意。但春天似乎就像那个千呼万唤始出来的美丽的少女，依然躲在厚厚的帷幔里——她似乎在帷幔后排练着春天的故事；酝酿着春天的旋律；吟唱着春天的诗句……

　　昨日，夫君开车带我去冀州。途中，我惊喜地发现，乡下的春天已然来了——它在那一排排春意盎然的塑料大棚里；它在人们希望的笑靥里；也在枝头鸟儿的欢唱里。透过那些塑料大棚的塑料薄膜，我仿佛看到了一个又一个生机勃勃的春天。那一刻，我才豁然发现，其实春天从不曾离开我们。在这个漫长冬季里，我们每天吃的那些新鲜的水果和蔬菜，不就来自于农民含辛茹苦为我们营造的春天里吗？原来，当我们这些终日忙碌在钢筋水泥的城市里的人们，正在热切地企盼春天的时候，那些辛勤劳作的农民已经迎来了一个又一个的春天了。

不错，乡下春来早，这早来自于农民辛勤的耕耘中，也是劳动人民汗水和智慧的结晶。劳动可以创造奇迹，劳动也可以创造春天——当农民用自己勤劳的双手，为我们创造了一个又一个春天的同时，他们也把一个个芬芳灿烂的春天，永恒在世上，永恒在我们的心中了。

不言而喻，尽管自然的春天是不能永恒的，但如果我们愿意，我们就完全可以让春天永恒在我们的心里。有谁能禁锢、剥夺你心智的自由呢？有什么会比心中的春天更弥足珍贵呢？由此可见，无论自然的春天还是心中的春天都是我们智慧的结晶，希望的光芒！

乡下春来早，那天，我在乡下早来的春天里，看到了丰收和希望，忘记了烦恼和忧伤，收获了富足和欢畅。也让我心中的春天永恒了！有什么能比心中的春风更能持久的绚丽芬芳呢？那时那刻，徜徉在人间的春风里，沐浴在乡下早春的芳泽里，我的生命也由此绚烂芬芳了起来！

花开万朵
我为王

　　爱花是女人的天性。牡丹的雍容华贵、国色天香，早就令我为之神往。以前我只知道洛阳、菏泽……这些地方才能看到牡丹，却从未想过在衡水也能看见牡丹。因为不爱旅游，对我来说，牡丹就像在水一方的佳人，总是给我一种渴望不可及的遗憾。

　　五月四号，朋友约我到衡水的牡丹园去看牡丹。衡水也能看到牡丹？抱着一种将信将疑心态，我迟迟疑疑地答应了。那天，牡丹花——这位我倾慕已久的绝世佳人，她以她特有的风姿情态和扑面而来的芬芳迎接了我们。当我真的踏进那片姹紫嫣红的牡丹园时，才痛恨起自己的孤陋寡闻了。

　　极目远眺，一团团，一簇簇五颜六色的牡丹花儿，绽放在一片碧海春波里。她们都在倾情倾力地展示着自己的绝世之姿，令我目不暇接，让我欣喜若狂。这些牡丹花儿芳香宜人，沁人心脾；高贵端庄，仪态万方——含苞的羞涩，怒放的灼灼，淡的高雅，浓的热烈，白的如玉，红的似火……总之，她们的千娇百媚立刻就倾倒了我。徜徉在那片花海芳波里，我就觉得自己也和那些牡丹花儿一样，馥郁芬芳了起来。不错，那时那刻的那些牡丹，不仅芬芳了我，芬芳了春，也芬芳了所有热爱生活人们。其实这些富贵吉祥，象征的美好生活的牡丹不早已芬芳了这亘古红尘吗？

花开万朵我为王。望着那些千娇百媚的牡丹，不仅使我联系想起许许多多有关赞美牡丹的诗句和传说。作为百花之王的牡丹，她不但富贵端庄，艳冠群芳，而且还具有劲骨刚心、不畏权贵的高风亮节。唐朝女皇武则天冬日游园，一时兴至，竟下令百花限时开放，百花慑于权势，不得不开，独牡丹没有按时开花，而被武则天下令放火烧之，贬出长安。不但如此，牡丹虽然娇美华贵，却从不择地生长。不论悬崖峭壁还是贫瘠的高原，都可以看到她的绝世容颜。她的精神和品格不正是我们应该学习和推崇的吗？

或许老天爷还想让我们欣赏欣赏牡丹的那种"梨花一枝春带雨"的娇美吧，就在我们醉爱花丛，畅游芳阵的时候，竟下起了一阵绵绵细雨。细雨中的牡丹，就像一个个梨花带雨的绝代佳人——变得更加的楚楚动人，令人怜惜。不错，雨中的牡丹，色更浓，花更艳，不忧不惧，俏丽无比，就像一朵朵出水芙蓉，令人惊艳不已。

"唯有牡丹真国色，花开时节动京城"。那一刻，我不禁由衷地感叹道，难怪刘禹锡能写出这一流传中外的诗句来。是啊，面对牡丹的雍容华贵，面对牡丹的倾国倾城，谁都会情不自禁地吟出一些赞美她的诗句的。如果不是这次亲密接触，我真的无法真正地领略到牡丹的芬芳、牡丹的美。

当我们最终不得不恋恋不舍地离开牡丹园的时候，牡丹的芳姿艳质，却永远地定格在我的脑海里。

我与山河共壮美

　　前些天，夫君开车带我去石家庄办事。因为要当天返回，所以我们六点多钟就出发了。那时，天上还没有太阳，视野所及之处，尽是一片萧瑟、苍茫。这使我不得不为冬天的荒寒和苍凉而感到惆怅。在这个无雪的冬天里，所有的景物都显得那么的暗淡无光，这不禁让我想起裸露的冬季这个词。是的，没有白雪的覆盖，冬天的一切都是裸露的。我不喜欢这种荒芜的裸露，它使我枯寂的心中无数次滋生出对春天的渴望。

　　就在我久久地凝视着车窗外荒凉的景象，在冬天的萧瑟中怀念春天的绚烂时，竟豁然发现了一个神奇壮美的景象：不知何时，一轮红日已然跃出了地平线，燃烧点缀于遥远的天际。让我感到惊奇的是，那轮喷薄而出的旭日，并没有随着车外风驰电掣一闪而过的景物一道逃离我的视线，而是紧随着我们的汽车飞一般地奔驰在冬日的原野上。

　　只一刹那，这轮红彤彤的旭日，不仅灿烂了我眼前所有的景致，也灿烂了我那颗惆怅莫名的心。这轮红日就像一团火焰，紧追着我们的汽车，灼灼地燃烧在我的眼前。它仿佛就是为了辉耀我的视线而出现的。我不禁为这一景象的壮丽与神奇惊呆了，这种前所未有的惊奇，不仅震撼了我的身心，而且也壮美了我平淡无奇的人生。

　　那种与红日颉颃翱翔的感觉真的十分壮美。

"江山如此多娇，引无数英雄竞折腰。"我们伟大的祖国，江山秀丽，物产丰美，令我们倾倒，使我们陶醉，我们有何理由不去热爱它，不去保护它呢？那一刻，我仿佛觉得自己和汽车已经与这轮旭日融为了一体，一起壮美着祖国的锦绣河山。这一美妙神奇的感觉令我顿觉心情舒畅，兴致激昂。我真想放声高喊，我真想大声歌唱。

　　不错，这种壮美的感觉不仅让我联想起那些为捍卫这片大好河山抛头颅洒热血的英雄们，也想到了世间的浩然正气与剑胆琴心；这种壮美的感觉使我想到人生的瑰丽和豪迈，忘却了生活中所有的失意和哀伤，使我感激生命、感激人生、感激生活所赋予我们的一切幸福与美好！

对杂技，我喜欢已久；对杂技艺人，我敬佩已久。当这种喜欢和敬佩融合在一起的时候，就凝聚成我对杂技艺术的无比崇敬之情。不错，我崇敬杂技艺术。这种艺术，不仅表现了我国杂技艺人坚强不屈的生命意志，而且也彰显了我们中华民族那种自强不息的奋斗精神。因了这种崇敬，对我国著名的杂技之乡吴桥更是向往已久。

这次参加首届河北小小说优秀作品奖颁奖会，我有幸走进我国杂技发祥地之一——吴桥杂技大世界。那天下午，颁奖大会结束后，因为时间尚早。为了不耽误大家第二天返程的时间，办事讲效率、从不拖泥带水的河北省小小说艺委会的主任，大会的组织者蔡楠老师便立刻决定，带领与会人员到吴桥杂技大世界北区红牡丹剧场观看杂技表演。

伴着导游小姐精彩详尽的解说，我们一路浏览，一路惊奇，一路感叹，很快就来到了集现代声、光、电及各种高科技于一体的红牡丹剧场。在我们热切期盼的目光中演出开始了。这是一场别开生面的杂技表演，每一个节目都是那么的精彩生动；每一个情节都是那么的扣人心弦。有生以来我还是第一次身临其境地观看杂技表演。那精彩绝伦的《舞中幡》《欢乐草帽》，那美轮美奂的《空中飞人》《集体造型》……无不让我发出一串的喝彩与惊叹。

尤其在观看《空中飞人》表演时，一对身轻如燕的青年男女，以彩带系手，衣袂飘飘，凌空旋转飞舞的情景，竟给我带来一种飘飘欲仙的艺术熏陶。那飘飞的裙裾，那唯美的动作，那默契的眼神，那和谐的配乐……无不深深地感染了我。我平生最喜欢飞翔的感觉，也最喜欢这种美妙绝伦的艺术画面和登峰造极的艺术境界。那一刻，在那种极富艺术魅力的杂技表演中，我竟然产生了一种目眩神迷、醉陶陶、悠然然，不知今夕夕兮的感觉。

众所周知，台上一分钟，台下十年功。不言而喻，呈现在我们眼前的这些精彩纷呈的杂技节目，每一个环节都凝结着杂技艺人的血汗。这些高难度、高标准的艺术表演，决不允许演员有一丝一毫的私情杂念。稍有疏忽，就有粉身碎骨的危险。由此可见，杂技艺人意志的坚强，心念的禅定，也是最值得我们崇敬和学习的地方。杂技、杂技，杂得惊险，杂得神奇。惊得令人叹为观止，奇得教人拍手称绝。这种惊，体现了杂技艺人的那种处事不惊的人生态度；这种奇，彰显了杂技艺人坚定执著的艺术追求。我敬佩这些杂技艺人的人生态度，我感佩这些杂技艺人的坚定执著。他们以满腔的热情为我们奉献出一场场赏心悦目的视觉盛宴；也为中华民族培育了一枝芬芳靓丽的艺术奇葩。我为我们伟大祖国拥有这样一批杂技艺人而骄傲，更为我们炎黄子孙拥有这样灿烂辉煌的艺术文化而自豪！

人的一生总该有一种坚持吧——总该有一些令你感怀激动，令你热血沸腾，值得你轰轰烈烈追求的东西吧。这就像我们坚持小小说一样。这种坚持与其说是一种追求，不如说是一种精神和智慧。要想人前显贵，必先人后受罪。无论做何事情，只要刻苦努力，相信终有柳暗花明、水到渠成的那一天的。也就是说，艺术人生既是风雨人生，也是智慧人生。吴桥的杂技艺人，十年如一日地坚持演绎着自己的艺术人生，在甘苦自知的岁月里，在血汗挥洒的日子里，在我们恣意虚掷的光阴里。因此，面对他们，感受着他们的精神与品格，我只有无地自容、自惭形秽了。

　　走进杂技之乡，我无时无刻不被那种浓郁的杂技艺术气息而熏陶着。鬼手居里"鬼手"的快捷，吹破天师傅的奇绝，钢丝球中跑摩托的惊险……无不令人频频叫绝，恋恋回顾。是的，为了发扬光大中华民族的杂技艺术，吴桥杂技艺人正在以不屈不挠的拼搏精神，倾情地浇灌着中华民族的这朵杂技艺术之花。我相信这朵艺术奇葩，在他们的精心培育下，将会更加的缤纷绚丽、芳香浓郁！

生活的海

　　没有生活在沿海地区的人们，哪一个不对大海怀有无限的向往！不错，我们向往大海，就像鸟儿向往蓝天那样，任何力量也无法阻挡。于是这次去东北旅游，我们第一个目的地就是走进绥中，拥抱大海。然而，出乎意料的是，由于受日本核泄漏的影响，今年绥中海边游人稀少，一片凄凉。看来自然灾害，不仅破坏了我们的自然环境，也给人们留下了极大的伤害和阴影。这情形虽然令我有些失望，有所感伤，但望着眼前那片一望无际、波涛汹涌的大海，我还是抑制不住内心的喜悦，就像儿女渴望母亲的拥抱一样，一下车便迫不及待地向她扑去。

　　不能下海，我们只有在海边嬉戏——捡石头，投水漂。不知不觉，我就被海边沙滩上那些奇形怪状、情态各异的石子而深深地吸引了。我耐心地寻找着，把那些外表光滑、形状美观的石子，小心翼翼地拾起，轻轻拭去附在表面的沙粒，郑重地捧在掌心——准备带回家珍藏。感受着大海的激情和澎湃，望着那些珠圆玉润的石子，不禁让我联想到了我们自己。如果说生活就是波涛汹涌的海，那么在生活的海洋里，我们不就是这些被海浪冲刷、磨砺出来的沙石吗？其实在茫茫人海中，我们不就是被洗濯、打磨的沙石吗？与这些沙粒石子一样。或许，我们原本都是棱角分明的，可等我们经过生活的风浪洗濯和磨砺之后，都将变得千姿百态，或圆滑或顽固。

大浪淘沙，在生活的海洋里，经过风吹浪打、冲刷磨炼之后，有人会变成珍珠、金子，有人会变成沙粒、顽石。是珍珠也好，是顽石也罢，我们每天都得乘风破浪地生活着。沧海一粟，和这些沙石一样，在生活的海洋里，我们渺小，我们卑微，但我们却无所不在——我们将与大海一道汹涌澎湃、奔腾不息在悠悠岁月之中。在生活的海洋里，有急流险滩、狂风恶浪，也有暴风骤雨。和这些沙石一样，作为大海之子，在生活的海洋里，我们每天都得站在风口浪尖上；每天都得栉风沐雨。尽管我们人人渴望风平浪静地生活，但风平浪静也只是暂时的——它就像我们生命之舟的港口，只允许我们做短暂的停留。短暂的风平浪静之后，等待着我们的将又是更大的风浪。也许乘风破浪才是生活的真正目的和意义。

其实生活的海亦如这自然的海，既有美丽可爱的时候，也有面目狰狞的时刻。所以，我们既要享受它的美丽，也要面对它的狰狞。无论生活有多苦，我们也不会拒绝生活的考验；无论大海有多深，有多险，我们也不会拒绝大海的拥抱。就像我们既要追求幸福，也不要回避苦难一样。自古人生多风浪，和这些沙石一样，面对生活的大风大浪，既然无法逃避，我们只能选择欣然迎接和从容面对，日复一日，年复一年。

我站在辽阔的海岸上，欣赏着大海，品味着生活。任凭海风一次又一次地袭来，任凭潮水一遍又一遍地涌来。

　　夫君是个热爱生活的人。这种热爱，主要表现于他的生活爱好很多，譬如：钓鱼、采野菜、上网、炒股、运动等等——其他的爱好无需细说，这儿就只说采野菜吧。

　　如果把时光追溯到三十年前，出生在北方山区的孩子，哪一个没有采野菜、吃野菜的经历呢？令我感到惊奇的是，尽管如今我们告别了故乡——远离了那个山清水秀、物产丰富的山区，来到了这个高楼林立、车水马龙的城市已经二十多年了，可他那种吃野菜、采野菜的习惯却依然如故。更令我感到惊奇的是，如今衡水这个地方，哪儿能钓到什么鱼，哪儿能采到什么野菜，他都了如指掌。

　　大礼拜的时候，有儿子替我在冀州打理生意，我就返回了衡水。那天下午，恰巧夫君和我都没事，吃罢午饭夫君就提议说，休息一会儿，叫个朋友，我带着你们去采野菜吧。能有吗？我听了立刻发出疑问。当然有，保你去了这次，还想去下次。为了不扫他的兴，我只好点头应允。心想，去就去吧，反正闲着也是闲着。

　　于是，在夫君的极力倡导下，午休后三点左右，我们便整装出发了。与朋友的车会合以后，我们便直奔衡水湖附近的一个果园而去。这是夫君朋友的一个果园，因为有果农正在摘果，所以随便出入。那是一个风和日丽的午后，金秋的阳光暖暖地照耀着丰收的土地。远远地望去，就见那一排排、一簇簇结满了又红又大的苹果的果树，已经煌煌地呈现在我们的视野里。穿行在这果香阵阵、果实累累的果园里，我不禁由衷地感叹秋天的魅力。如果说春华秋实是秋的本色，那么这秋的本色就在这里。

硕果累累，累累硕果。等我们下了车，徜徉在那片果林里的时候，我才深深地体会到，硕果累累这个词的真正含义。很快，我们便在那些掉了一地的苹果树下，发现了一片又一片绿油油的婆婆丁和芨芨菜。这些菜长得又肥又大，像种的一样。她们鲜活地长在果树下，茁壮地招摇在秋风里。仿佛就似一个个亭亭玉立的少女，在静静地等待，等待着欣赏她们，采撷她们的人们的到来。

于是我们便迫不及待地行动了起来；于是我们便在那个金风阵阵、果香沁脾午后，忘我地采撷着那些野菜。一个个、一片片、一把把、一堆堆、一兜兜……我们一边不停地采着，还一边在嘴里不停地喊着，怎么这么多呀……不会是种的吧？……这儿多……这里的大……真过瘾……太过瘾了……只用了不到两个小时的功夫，那些野菜便在我们贪婪的扫荡下，堆满了我们汽车的后备箱。就连那个平时只坐在办公室里，品茗看报、弱不禁风的朋友，也采了满满四大兜子的野菜。由于野菜太多，由于蹲着的时间太长，我们已经累得腰酸背疼、筋疲力尽，但我们的心情却感到无比的快乐，脸上也挂着灿烂的笑容。

不知不觉黄昏已经降临。当我们最终不得不恋恋不舍地离开那片丰收的原野时，我才由衷地感悟到，其实生活中处处都有快乐，随时都有收获。只要我们愿意，我们每天都可以获得一个满载快乐的日子，拥有一个满载收获的午后。

　　我是一个步履并不放达之人，因此，每一次远足，对我来说就像似赴一个美的盛宴。为了不亵渎这赴美之旅，我也会把自己打扮得美之又美。在我看来，这个世上美是无所不在的，大自然就是一个美的圣殿，只要我们肯走出去，只要我们具有一颗美的心灵和一双善于发现美的眼睛，那么我们每一次远游，都是去赴一个美的宴会。这次参加河北省散文学会的曲阳文化之旅亦是如此。

　　河北曲阳县位于华北平原西部，太行山东麓，它历史悠久，物华天宝，人杰地灵，文物众多，素有中国"雕刻之乡"的美誉。我们这次采风的第一站就是参观定窑遗址——全国重点文物保护单位。被列入中国申报世界文化遗产名单的定窑遗址，位居我国宋代五大名窑之首，是中国北方著名的白瓷窑址，因宋代曲阳属定州管辖，故名定窑。

　　那天，我们是满怀敬慕之情，伴着曲阳文化的香息踏进定窑遗址的。这股超越时空扑面而来的文化气息，是随着我们走进曲阳的时间和对它的逐步了解而渐渐浓郁的。它的芬芳馥郁，它的清新甜美，毫不亚于那些为我们一路铺锦列绣的花草树木们。在我看来，这股香息，就是这个美的盛宴的气息。它丰盛无比地诱惑着我，叫我痴迷，令我垂涎。那时那刻的我，宛如一个垂涎欲滴的乞丐，那种心情，除了迫不及待还是迫不及待。

我满怀新奇跟着大家走进了这块充满神奇的土地。在定瓷研究所里，随着导游的讲解，我们仿佛跨越了时空的隧道，置身于历史的长河之中，我们情不自禁地沉醉在那个光辉灿烂的千年定窑史里。不同时期的定瓷制品，极其丰富的文化遗址、遗物一一展现在我们的眼前，让我们流连忘返。这些定瓷不仅是劳动人民汗水和智慧的结晶，也是这个文化盛宴的美味佳肴。它们的美，美得千古流芳，美得耐人寻味。无论是它们的残缺美还是古朴美，都能给我们带来无限的遐想和甜美的回味。它们在残缺静美中，印证了我国灿烂辉煌的陶瓷文化；它们在神奇古朴中，述说着千年定窑的悠悠历史。

是的，我在感喟唏嘘中为这古老的文明而肃然起敬，我在惊异好奇中为这璀璨的文化而倾慕不已。那些堆积如山的炉渣、碎片、炉具，就是我国陶瓷的艺术财富和文化宝库，也是我们炎黄子孙的自豪和骄傲。它们是取之不尽的，是探究不完的。参观定窑，我们不但可以领略它的古朴纯美，也可以追寻它的博大深邃；研究定瓷，我们不但可以继承和发扬定瓷的传统制作工艺，也可以了解定瓷史的兴衰起伏。每一种技术的发展，都有它的坎坷历史；每一种文明的创造，都有它的风雨里程。那些琳琅满目的瓷器，对我们来说就是美，就是真。它们值得我们呕心沥血去塑造，更值得我们披荆斩棘地去采撷，去珍存。为了揭开遗址的神秘面纱，为了让定窑的美流芳千古，也为了把这种美发扬光大——让遗址不留遗憾，定瓷研究所里的工作人员们每天都在不停地忙碌着。

如果说，千年定窑是为我们准备的一个美的盛宴，那么在这里烧窑制瓷的陶工们就是这次盛宴的缔造者。她们能化腐朽为神奇——点石成金、变废为宝。她们在这个美的盛宴中起着功不可没的作用。她们不仅拥有塑造美丽的双手，而且也拥有一双发现美、捕捉美、透视美的眼睛。我想她们手是灵巧的，她们的心是玲珑的。她们的美美在智慧，美在心灵，美在人间，美在永远；她们在塑造美、缔造美的过程中也使自己变得更加的丰富完美。我情不自禁地与她们拍照留影，也想在她们美的熏陶下，使自己与她们一样美丽起来。

当我们最后恋恋不舍地离开定窑遗址的时候，我的心却久久地遗失在这个美的盛宴里。不错，这是一次纯美的盛宴，也是一壶文化的醇醪，它彰显着文明的色彩，折射着智慧的光芒，任凭岁月的流逝也唇齿留香、绵甜悠长……

　　走出定窑遗址，我们乘车前往灵山聚龙洞。灵山聚龙洞位于曲阳县灵山镇东北公里处的莲花山脚下。由于该洞洞体酷似一条长龙，洞内景观又多为龙状，故取名聚龙洞。聚龙洞分为猿人古洞、聚龙大殿和地下迷宫三部分，现已开放面积万平方米，长约米。洞内平均温度在十七八摄氏度，是四季皆宜的游览胜地。远远地望去，青山滴翠，白云缭绕，层峦叠嶂，风景秀丽。那座连绵起伏的莲花山脉就宛如一条绿色的游龙，在奔腾跳跃中彰显祖国山河的壮美。

　　下车以后，首先映入我们眼帘的是那副带有"灵山聚龙洞"的巨大牌匾。当我们伴着夏日的骄阳，走进清风扑面的洞内时，一股湿润清爽之气顿时遍布了全身，一扫我们颠簸的疲倦，浑身的燥热随之烟消云散。当我们带着舒爽惬意、带着神秘惊奇，伴着导游的解说走入那座神奇魔幻般的地下宫殿时，就仿佛置身于梦境，我醉了，痴了，浑然不知自己身在何方，神游何处了，眼前的一切如同虚幻。于是，我便在这种如梦如幻的感觉中，继续畅游在那个精彩绝妙的神奇世界里。

　　进洞不远，就是猿人古洞。据导游介绍，古洞距今大约有三万多年，留有我们祖先栖息、生活的痕迹。在考古学上具有很大的价值和意义。这种古猿人遗址和天然景观连为一体，是国内任何溶洞都没有的，堪称中华一绝。宋代大文豪苏东坡来此观光时，就曾情不自禁地在石壁题下了"蓬莱"两个大字，还在右侧的小洞内，题写了"别有西方此地是，乐浮休也"！这些题字龙飞凤舞，飘洒遒劲，无不显示了苏东坡对聚龙洞景观的赞叹和对祖国河山的深切热爱。

继续前行，就是神奇绝妙的聚龙洞大殿，这里的景观以神、奇、妙、绝为特色。群龙聚首，千姿百态，你看它们在五颜六色的灯光下，或盘、或卧、或潜、或伏、或飞、或舞、情态各异，栩栩如生。这里不仅群龙荟萃，而且还有争奇斗艳的石葡萄、石莲花、石灵芝等……它们在彩灯的映照下，五彩缤纷，晶莹剔透，争奇斗妍，夺人心魄，世间罕见啊！

信步游览，我们观赏了白龙迎宾、巨龙壁、鱼跳龙门、碧水潭，翡翠宫、更衣宫、胭脂宫、经龙天宫、日出龙潭、水晶宫……还观看了定海神针、老龙宫、小三峡、珠宝龙等琳琅满目的妙境奇观，这些景观更是妙趣横生，妙不可言。令人频频回首驻足，流连忘返。

一路欣赏，一路赞叹，不知不觉我们又来到"地下迷宫"。但觉空气潮湿，小路崎岖，幽静秀美。这里主洞与支洞纵横交错，洞套洞，洞连洞，洞中有洞，洞洞有奇观，观观可惊叹！就犹如一个扑朔迷离的神话世界，因而被誉为"地下迷宫"。它的迷在幽奇、迷在虚幻；它的美美在深邃，美在天然。

这是我有生以来第一次游览这样的岩溶洞穴，面对如此庞大，如此丰富奇妙的天然洞穴景观，我有一种无法言语的惊奇和激动。宛如刘姥姥进了大观园一样既新奇又喜欢。导游的引领和解说让我们由衷地发出一串串惊叹。那一刻我真想说，哦赛，太美了！美她娘哭美——美死了！这种情不自禁的感叹是直抒胸臆的，是自然而然的，是任何力量都无法阻挡的。是的，我由衷地感叹造物主的神奇和伟大，创造出如此美妙奇特、光怪陆离的世间万物。有谁能够体会到它们经历了多少风雨的洗礼，多少岁月的磨砺；又有谁能够真正感受到这份匠心，这份情意。这是鬼斧神工的杰作，这是呕心沥血的付出，这是一份情的雕琢，爱的洗礼。这是造物主对自然、对万物的一种倾情的奉献，这是大自然献给人类的一份珍贵的厚礼。

在感叹造物主伟大神奇的同时，我第一个想到的就是珍惜。是啊，面对大自然的倾情付出，作为万物之灵的我们没有任何理由不学、不做、不去珍惜。对，珍惜吧！珍惜造物主对我们的恩德，珍惜这世上的风花雪月，花草树木，万物生灵。总之，让我们珍惜生命中的一切美好事物吧，同时并满怀这份珍惜之情，用心去保护这些自然景观，用情去维护生态平衡。相信总有一天你会蓦然发现，在这短暂而又懂得珍惜的一生里，你将充满无限的温馨和幸福。那一刻，你也会感到无比的自豪和美丽！

带着一份意犹未尽的掠美之心，号下午，我们又乘兴游览了虎山景区。虎山地处太行山东麓，保定西北部，与古代帝王御祀的古北岳恒山蜿蜒相连。

虎山是座"金山"，它承载着悠悠千年的淘金史，养育了一代又一代开矿淘金的人们。它呈现给我们的不仅仅是灿烂辉煌的淘金文化，也是一段光芒四射的流金岁月。它是璀璨耀眼的，也是丰厚无比的。

沿着弯弯的山路逶迤而行，踏着前人淘金的足迹，我们走过了"金水泉"，来到了"淘金洞"。伴着叮咚作响的"金水泉"声，我仿佛看见了那些曾经在这里开矿淘金的人们，带着石锤、石凿从四面八方涌来，用艰辛的劳动，以汗水和智慧采石提金，赋金子以光辉，赋矿山以生机。"千淘万流虽辛苦，吹尽黄沙始得金"。我想，他们的人生也会如金子般绚丽多彩，他们的生命也会如金子般弥足珍贵的。

走出"淘金洞"，伴随着阵阵清风，我们又逶迤上山，直奔虎山之巅。虎山资源丰富，风景秀丽，山路崎岖陡峭。一路上偶有作家因体力不支，败下阵来。而出生在山区，从小就喜欢翻山越岭的我却坚信——

无限风光在险峰。尽管虎山比我想象中的还要艰险难登数倍，但外表柔弱，穿着高跟鞋的我依然在众人的赞叹声中登上了那座万人瞩目的虎山之巅。

"会当凌绝顶，一览众山小"，站在高高的山顶上，俯瞰着那葱翠欲滴，连绵起伏的太行山脉，那种征服自然、战胜自然的豪迈之情油然而生。是啊，那些远古的淘金者都能凭着石锤、石凿等简陋粗糙的工具淘金提金——征服自然，我们如果连一座高山都征服不了，还有何颜面去面对他们，歌颂他们呢？

一路馨香，一路美景。当我手捧着野花，久久地伫立在高高的虎山之巅，细细地回味着那一路撷美觅真，奋力攀登的情景，就觉那一刻自己的生命也如同这巍巍的太行山脉一样壮美起来，尘世中的烦恼也已然荡然无存。是的，大自然以它博大无私的胸怀，为我们摆下了一个个美的盛宴，每一次回味都是那么的香甜甘美。

上山容易下山难，返回山脚的时候，已经是黄昏时分了。此时，晚霞已经染红了天际，一阵阵山风携带着槐花的馨香扑面而来，让人感到好不舒适，好不惬意。回首望去，嵯峨秀丽的虎山仿佛在向我们颔首致意。我笑了，为它的深情接纳，为它的热情款待。

当我们乘车前往山下吃饭，路过我们下榻的农家客舍时，就看见一位与我们一起来的老作家，正独自躺在路边的石头上，仰望着苍穹，静静享受着大自然的清新与宁静。连我们叫她一起去共进晚餐，她都不肯，和我们打了招呼后，遂又躺下，继续感悟着大自然的真谛！我想，那种天为被、地当席的豪迈，那种独酌暮色，独品自然的惬意，是只可意会不可言传的。记得徐志摩说："什么伟大的、深沉的、鼓舞的、清明的、优美的思想的根源不是可以在风籁中，云彩里，山势与地形的起伏里寻得？"自然就是一部最伟大的书，它是无比深奥的，也是无限美好的，即使我们读它千遍万遍，千年万年也不会厌倦。

用完晚餐，又开了一个临时而简单的联谊会，再返回下榻的农家小院时，已经十点多钟了。深夜的虎山空气清新异常，极目远眺，视野辽阔、澄明清澈。我们一行人踏着如水的夜色，伴着习习的山风，有说有笑地漫步在山间的小路上。溪泉叮咚，草曳虫唱，叶语林歌，层峦叠嶂，山风不时地送来一阵阵沁人心脾的幽香。沉浸在这种如诗如画的情味中，我也如梦如幻、如醉如痴了。

许是过于疲惫，躺在那个简洁的农家客舍里，默默地回味着做客虎山的美好经历，聆听着窗外那些无法入睡的作家们的阵阵笑语，我很快就进入了梦乡。少顷，我做了一个梦，我梦见我和那些与会的作家们，站在虎山之巅，沐浴着如水的月色，摘取北斗做酒杯，邀请万象做宾客，随风起舞，举杯邀月。那一刻，人世间所有的美丽，生命中所有的快乐，都已经永恒——定格！由此可见，还未离开虎山，虎山就已令我魂牵梦绕了。不错，虎山的神奇，是值得我们赞美敬畏的，虎山的壮美，是值得我们咀嚼回味的。这种回味，好香、好甜、好美！

曲阳素有"雕刻之乡"的美誉。到了曲阳，首先迎接我们的就是陈列在道路两旁的艺术雕刻。它们千姿百态，种类繁多。有威猛的石狮、慈祥的观音、妩媚的仕女……高大的肃穆，矮小的玲珑，动物生动，人物逼真。它们在阳光的照耀下，熠熠生辉，活灵活现。无论成品还是半成品，都给人一种神采奕奕、美不胜收的感觉。坐在颠簸的汽车里，我贪婪地欣赏着它们。那时那刻，我痴了，我醉了。我不敢眨眼，生怕一眨眼就会错过某一精彩的画面。

如果说这些赏心悦目，情态各异的雕刻制品，就已经撼动了我的心，那么日下午我们参观曲阳雕刻艺术宫和雕刻广场的时候，那些琳琅满目的雕刻艺术，就更让我震撼了！据了解，建国后曲阳雕刻艺人在继承传统雕刻艺术的基础上，坚持现实主义和浪漫主义相结合，运用浮雕、圆雕、镂雕等技法将现代解剖学、透视学、美学融于石雕之中，使作品既保持了古代石雕艺术的传统风格，又增添了现代雕刻艺术的气息，因此更加生动形象。由此可见，曲阳的雕刻艺术，就像曲阳的文景史韵一样，是说不尽、道不完的。是我这种才疏笔拙之辈难以用三言两语描绘和概述的，也是任何优美的语言都为之暗淡逊色的。

雕刻艺术是一门博大精深的艺术文化，它是智慧，思想、精神的有机结合。我欣赏于这个艺术王国里的美，震撼于这个艺术王国里的真，更敬仰曲阳雕刻艺人的勤劳和智慧。他们把自己的爱心和匠心毫不保留地倾注于灵光四射的刻刀上，化腐朽为神奇，赋冰冷的石头以生命，以思想，以情感。眼前的那些或飞，或舞，或站，或卧，或昂首，或凝思，或跳跃，或奔腾的雕刻作品无不在以一种曼妙的情态，塑造了一个美丽的意境；无不在以一种肢体的语言，述说着一个个动人的传说。透过一个小小的艺术作品，我甚至于可以看到一段历史，一个传奇。它们是见微知著的；是落叶知秋的；它们举手投足皆是美，顾盼神飞皆是情。它们是美丽的天使，艺术的精灵，是我们中华民族的艺术瑰宝，也是炎黄子孙的宝贵财富。徜徉在那个目不暇接的艺术宫殿里，我不禁再一次为能够参加曲阳文化之旅而感到庆幸。不错，面对这些无与伦比的文化美和艺术美我除了撼动，就是庆幸。我为中华民族悠久的历史、灿烂的文化而震撼，更为自己身为炎黄子孙而庆幸。从雕刻艺术宫走出来以后，我们又来到了雕刻广场。这里的雕刻塑像更给曲阳的雕刻艺术增添了无限的魅力，也为我们这次采风活动增添了最诗意、更靓丽的一笔。

魅力曲阳，魅力无限。曲阳不但有传承了千年的雕刻、定瓷、北岳三大文化瑰宝和自然景观，而且还有令人赞不绝口、回味无穷的饮食文化。曲阳特产"缸炉烧饼"，酥脆可口，余香绵绵，令人百吃不厌；"黑姑娘饺子"距今已有多年的历史，其馅采用中药配制而成，面柔馅软，味纯色鲜，肥而不腻，香而不淡。因曲阳盛产红枣，所以红枣酒、红枣饼子，也成了人们餐桌上的一大亮点。总之，无论是曲阳的饮食文化还是艺术文化，它们都像热情好客的曲阳人一样——以一种至真之美的情怀，在迎接远方朋友的到来。

　　曲阳虽然文化底蕴厚重，但也有些不尽人意的地方。或许是煤矿、铁矿、金矿过多，所以环境污染较为严重，交通也不太方便。如果说曲阳文化之旅对我们是一个美的盛宴，那么我们在大快朵颐曲阳文景史韵的同时，也由衷地期盼曲阳人民能在环境保护和交通道路上下些功夫。相信不久的将来，热诚真挚的曲阳人民，就能像当日款待我们一样，以热辣辣的酒，热辣辣的情，还有一个宽敞的大道、优美的环境去迎接五湖四海的朋友——这也是我们共同的心愿和最美的期盼！

赵州采风（一）

云水禅心

　　散文年会采风的第一个地点就是赵县柏林禅寺。对于这个佛教禅寺，我早有耳闻。可那天，当我怀着敬畏之心踏进那个庄严肃穆、香火缭绕的千年古刹时，我不禁又一次对佛教的深远影响而感叹不已。只见寺内人头攒动，许多善男信女们穿梭在殿宇钟楼之间，他们焚香祷告、虔诚祈福。这情景竟给我一种超脱俗世、远离红尘的感觉。

　　我没有学过佛法，也参不透佛教的真正内涵和深远意义。可望着那些顶礼膜拜的善男善女们，我也仿佛理解了"禅在当下"这一词汇的深刻含义。我一直认为参禅礼佛只是佛教中人的事情，从未想过世上还有这么多人信佛修禅。由此可见，禅心佛意的确洋溢在生活的每一个环节里，也早已涉入到我们生活的每一个活动点。我自以为参禅礼佛是世人向往美好生活，渴望圆满生活的真实写照。

　　人活着不能没有精神和信仰，不能没有追求和向往。无论何种信仰和追求，只要能净化我们的心灵、纯净我们的灵魂，使我们的生活抵达尽善尽美的境界，那么它就是值得我们崇尚的、值得我们敬畏的。既然禅是一种精神境界，我想这种境界也是诗意的、纯净的、美妙绝伦的。我曾经看过和听过古筝曲《云水禅心》的音画欣赏，也读过《云水禅心》的歌词。那种诗意萦绕，云梦缥缈的美好感觉，一直使我刻骨铭心、魂牵梦绕。我不知道陶醉在那种空灵、幽眇的境界中，除了心无杂念、超凡脱俗，物我两忘还有什么？

其实人的一生就应该活出一种不贪、不嗔、不痴——淡泊宁静、禅意盈心的境界。我不知道，这柏林禅寺的无边佛法普度了多少众生；也不知道，柏林禅寺的悠悠禅意净化了多少灵魂。可我却知道，那天当我随着众人一起徜徉在那个佛光普照、禅风浩荡的柏林禅寺时，就已经彻底地迷失在那种云水禅心的境界里。那是一种诗意空灵的境界，也是一种诗意纯美的境界。我虽然无法形容那种云水悠悠的美、禅意盈心的纯，但我已经深深切切地体会到禅的空灵与美好。它虽无却有，它是我们的精神和心念。它在过去、在将来、在当下。它极大无量、它无所不在。我不知道，人的一生能有多少次美好的遗失，但是那天当我遗失在柏林禅寺中的佛辉和禅意里的时候，确实产生了一种熏熏然、悠悠然、醉陶陶的感觉，这种感觉是否就是云水禅心呢？我竟不得而知。

赵州采风（二）

古桥情思

上小学四年级的时候，就在课本上就学过《赵州桥》。于是赵州桥的神奇建造技艺，赵州桥的美丽传说，都在我幼小的心灵里留下了深刻的印象。那时候，我做梦也想不到，今生今世我还能有零距离地欣赏它的风采——踏上这座千年古桥的机会和荣幸。

我们这次散文年会采风的第二个地点就是赵州桥。那天当汽车载着我们以及我们对赵州桥的好奇和神往，欢快地奔向这座驰名中外的古桥时，我的心里竟有一种莫名其妙的激动。坐在奔驰的汽车里，远远地我们就看到那座如月如虹的赵州桥静静地横亘在碧水悠悠的洨河之上。它似天边的彩虹，又如水中的弯月。它雄健宏伟，它古朴宁静。

正是清明时节，春意盎然的洨河两岸翠柳成行、鸟语花香，把那座古老神奇的桥梁衬托得格外壮观美丽。一下车，我们就迫不及待地纷纷举起相机，拍照留念，以各种不同的角度为它拍照与它合影——真恨不得把这个神奇的古桥永远定格在我们的记忆里。

等我们踏着仙人的足迹，慢慢地穿过赵州桥，细细地浏览着赵州桥的精美石雕，和那些神奇的仙迹（张果老倒骑毛驴在桥上走留下的驴蹄子印；柴王爷推车过桥轧下的车道沟印和膝盖跪下的膝盖印）时——那一刻，我仿佛觉得有关赵州桥的那些古老而美丽的传说，已经又一次地在我的脑海里上演；那一刻，我仿佛看到这些仙人们，又浮在云端，向我们微笑，向我们飘来。

不错，不是每个传说都能给我们留下这些真实生动的印记的；不是每一个传说都是这样惟妙惟肖、感人至深的。当它鲜活生动地浮现在我的脑海里时，我不禁再一次为赵州桥的古韵遗风而倾倒。赵州桥的传说就像一个神奇美丽的梦，它值得我们追寻回味，也值得我们留恋向往。

赵州桥的历史意义和考古价值是说不尽道不完的，它是我们炎黄子孙汗水和智慧的结晶，也是世界桥梁建筑史上的伟大奇观，更是我们中华民族的自豪和骄傲。当它诗意地呈现在我的面前时，我真想化作它身边的一棵小草，与它一起去见证我们中华民族的千年文明史。那天，等我们最终不得不恋恋不舍地离开这座古桥的时候，我想，这道美丽的"千年长虹"不仅永远地屹立在洨河的蓝天碧水之间，也将永远地屹立在我们每一个炎黄子孙的心里。

赵州采风（三）
梨园春梦

　　我不艳羡桃花的妖媚，也不仰慕牡丹的华贵，但我却尤为喜欢梨花的洁白纯美。如果把花比作女子，那么桃花就像一个娇艳的少妇，牡丹就似一个高贵的皇后，而梨花则如一个纯洁的少女。女人如花，花似梦。的确如此，女人在如花的一生里，争芳斗艳地装扮着这个缤纷的世界。人生如梦。当她们香消玉殒之时，也就是梦断魂销之际。十分荣幸的是，这次散文年会采风的时候，我们竟有幸走进梨花这个少女般纯美洁白的梦里。这是一个春天的梦，也是一个美丽的梦。如果可以，我真愿这个梦永远不醒。

　　我们散文年会采风的第三个地点就是参加赵县梨花节。河北赵县是著名的"中国雪花梨之乡"，梨园面积达万亩，梨园四季风景如画，是华北最大的自然风光和生态农业观光区。不难想象，当梨花盛开的季节，这万亩梨园就是一个花的海洋，梦的国都，香的世界。宛如飘进滔滔云海，又似扑入茫茫雪原。当那一团团、一簇簇的梨花构成了一个如玉如雪，如诗如画的世界，如梦如幻地呈现在我们的视野里的时候，我真有一种走进世外桃源，置身人间仙境的感觉。这还是我有生以来第一次欣赏梨花。我喜欢梨园的纯净芬芳，我惊叹梨花的素洁冷艳。我浏览过许多田园风光，也欣赏过许多果树的花儿，却没有一种果园能给人以这种粉雕玉砌，洁白无瑕的感觉，可梨园梨花却做到了。徜徉在这个洁白无瑕的梦里，我的整个身心也仿佛变得洁白无瑕了起来。

不错，梨花是纯洁的，是淡雅的，是幽香清远的。但梨花的最可贵之处，不在于她的纯洁美丽，而是在于她的无私奉献精神。我之前说过，梨花是一个纯洁的少女，当她那个少女的梦结束后，她会"结婚生子"——她会为人类结出累累的硕果；她会让人类在丰收的喜悦中怀念她的美。众所周知，赵县的雪花梨不仅营养丰富，含有各种有机酸、蛋白质、矿物质和多种维生素等，除鲜食外，也可以加工梨干、梨膏、梨脯、罐头、梨汁、梨酒等各具风味的保健食品，可入药医病，有生津、润燥、清热解毒、化痰止咳等医疗功效。从梨树疏下来的花瓣和掉下来的花瓣，还可以提取花粉。花粉不仅是一种营养食品，而且有着良好的医疗美容作用。这也是梨的另一种奉献精神。也就是说，我们在陶醉于梨花洁白美丽，清芬悠远的同时，也会情不自禁地为她的奉献精神所感动。

"粉淡香清自一家，岂容桃李占芳华。"（陆游）"玉容寂寞泪阑干，梨花一枝春带雨。"（白居易）"鸳鸯被里成双夜，一树梨花压海棠。"（苏东坡）"忽如一夜春风来，千树万树梨花开。"（岑参）"梨花淡白柳深青，柳絮飞时花满城"……，古往今来，不知流传下来多少赞美梨花，歌颂梨花的诗句。由此可见，洁白美丽的梨花不但激发了许多诗人的灵感，而且撞开了无数文人的情怀。梨花虽然朴实无华，也不是最受人们青睐的花，但它的精神和纯美确实是可歌可泣的，也是值得我们学习尊崇的。那天当我们这些热爱文学的人们，一头扑进那片如玉似雪的梨花园里后，就像那些翩翩飞舞的蜂蝶一样，很快就陶醉融化在这个芬芳四溢的春光花海之中。那一刻，就仿佛在梦中——我竟然有一种不知今夕是何夕的感觉！